KB037067

성적도
치료가 되나요

" 수험생 직업병을 잡으면 성적이 잡힌다 "

한의사 김도환 지음

수험생 직업병을
잡으면
성적이 잡힌다

나는 서울대 공대 입학을 위한 대입학력고사부터 시작해서 서울대 석사 진학을 위한 대학원 시험, 석사졸업 논문 심사, 삼성 LG 대기업 입사시험, 한의대 입학을 위한 수능시험, 한의대 국가고시 등 큰 시험들을 통과했다. 또한 그 사이에 병역특례에 필요한 건설기계기사 1급 자격증 시험, 카투사 시험, 유학 및 편입준비를 위한 토플 시험, 회사 승진을 위한 토익 시험과 일본어 능력 시험, 대학 장학금을 받기 위한 5급 공무원 시험까지 다양한 시험을 보았다.

운 좋게도 대부분 원하는 결과를 얻었지만, 그 과정
이 순탄한 것만은 아니었다. 꼭 합격해야 하는 시험들
이었고 좋은 결과를 장담하기 어려운 시험들이었다.
시험을 앞두고는 항상 마음 졸이고 긴장했고 시험이
끝나고 나면 탈진했다. 체력이 약해서 남들처럼 밤새
워 공부하는 것은 꿈도 꾸지 못했다.

중학생 때부터 시험 때만 되면 늘 소화불량과 두통,
과민성대장증후군이라는 불청객이 찾아왔다. 소화제
나 두통약만으로는 잘 해결이 되지 않았다. 시험을 봐
야 하는 상황이 되면 공부가 걱정이 아니라 아플까 봐
걱정되었다.

시간이 지나면 나아질 줄 알았는데 오히려 새로운
병이 추가되었다. 비염이 심해져서 재채기와 콧물로
정신을 못 차리고, 역류성식도염이 생겨서 누우면 신
물이 올라와 뜬눈으로 밤을 새운 적도 있었다. 스트레
스가 극에 달하면 가슴이 두근거리고 답답하고 숨쉬
기가 곤란해지기까지 했다.

문제는 겉으로 보기에는 심각하지 않다는 점이었

다. 시험 때만 그러니 어머니조차 그리 심각하게 보지 않으셨다. 나도 시험만 끝나면 괜찮아지니 꾀병 같아서 주위에 말하지 못했다. 자꾸 아프다 하면 너무 약해 보일까 봐 숨겼던 면도 있다.

돌이켜보면 참 어리석었다. 공부에만 집중해도 모자랄 판에 병을 참고 견디느라 그 많은 시간을 허비했기 때문이다. 병인 줄도 모르고 혼자 끙끙 앓았다. 치료법이 있다는 걸 미리 알았더라면 그렇게 아픈 걸 참아가며 힘들어하지 않았을 것이다. 아플까 봐 불안해하지 않고 공부에만 몰입할 수 있었을 것이고 훨씬 나은 성적을 받을 수 있었을 것이다.

'직업병'이라는 말이 있다. 비슷한 직업을 가진 사람들에게 생기는 공통된 병으로, 작업환경이나 일하는 자세, 많이 쓰는 부위 등에 따라 특징적인 증상이 나타난다. 컴퓨터를 많이 쓰는 직장인들은 안 좋은 자세 때문에 거북목 증후군이 잘 생기고, 서비스직에 있는 사람들은 스트레스가 많아서 두통이나 위장질환을 호소하시는 분들이 많다.

그런데 공부하는 우리 아이들에게도 직업병이 있다. 아이들의 일과를 한 번 유심히 살펴보자. 수험생은 아침부터 저녁까지 온종일 책상에 앉아서 공부한다. 밥도 제대로 못 챙겨 먹는다. 늦잠을 자다 보니 아침은 거르기 일쑤고 저녁에는 빠듯한 학원 시간에 쫓겨 편의점에서 정크푸드로 때우는 경우가 많다. 늦게까지 공부하느라 수면시간도 부족하다. 입시경쟁으로 인해 받는 스트레스는 어른들의 상상을 초월한다. 스트레스도 풀 겸 운동이라도 하면 좋은데 쉬는 시간에는 스마트폰만 쳐다본다. 영양부족, 수면 부족, 스트레스 과다, 운동 부족… 이런 생활을 초등학교 때부터 시작한다. 우리 아이들은 6년이 넘게 이러한 수험생이라는 직업에 종사하고 있다. 직업병이 없다면 이상할 정도다.

직업병은 그 직업을 그만두지 않는 한 피할 수 없다. 그만둘 수 없다면 아플 때마다 치료해야 한다. 그렇지 않으면 병이 커져서 일하고 싶어도 할 수 없게 된다. 수험생도 마찬가지다. 학교를 그만두지 않는 한 '수험생 직업병'을 피할 수 없다. 무모하게 버티다가 정작 중요한 순간에 큰일을 그르칠 수 있다. 따라서 미리

미리 치료하고 마지막 순간까지 철저히 관리해주어야
한다.

  수험생 직업병과 일반적인 직업병에는 중요한 차이
점이 있다.
  첫째, 수험생은 단 한 번의 시험에 인생이 걸려있다
는 점이다. 대학입시에 실패하면 1년을 다시 공부해
야 한다는 압박감은 아이들에게 극도의 불안과 긴장
을 일으킨다. 이런 스트레스가 지속되면 몸에 이상 반
응이 나타난다. 두통, 소화불량, 과민 대장 증후군뿐만
아니라 몸이 여기저기 아프기 시작한다. 체력과 집중
력이 떨어지고, 불안증과 불면증에 시달리며, 갑자기
실신하기도 한다.

  둘째, 대입 시험은 데드라인이 있다. 공부할 수 있는
시간이 정해져 있기 때문에 아플 시간이 없다. 그런데
머리만 아파도 하루를 꼬박 날리고, 감기에 걸리면 일
주일이 날아간다. 비염이 지나가려면 한두 달은 고생
해야 한다. 옆집 아이는 열심히 공부하고 있는데 우리
아이만 아파서 천금 같은 시간을 빼앗긴다면, 비상한
머리를 가지고 있더라도 원하는 결과를 얻을 수 없다.

증상이 심하지 않으면 괜찮을까? 배가 살살 아프기만 해도 공부에 온전히 집중할 수 없고 재채기가 나면 주변 눈치가 보이고 신경이 쓰인다. 체력이 달리면 집중이 안 되고 조금만 공부해도 금방 지치고 잠이 쏟아진다. 이렇듯 가벼운 증상만 있어도 공부에 몰입이 안 된다. 이런 상황은 스카이캐슬의 입시 코디가 와도 해결해 줄 수 없다.

수험생 본인도 무심코 지나치고 부모도 대수롭지 않게 여겼던 건강상의 문제가 이처럼 공부에 큰 영향을 미치고 있다는 사실을 알아야 한다. 끓는 물에서 서서히 익어가는 개구리처럼, 우리 아이도 서서히 병들어가는 걸 모른 채 공부만 하고 있을 수 있다. 이런 사실을 빨리 깨닫고 수험생 직업병을 치료한 아이는 남들보다 유리한 위치에 서게 된다.

수험생의 개별 증상은 수험생 직업병이라는 큰 틀에서 보아야 한다. 소화가 안 된다고 소화제만 먹거나 머리가 아프다고 두통약만 먹어서는 절대로 해결이 안 된다. 수험생의 상황을 이해하고 체질과 전체적인 몸 상태를 고려해야 제대로 치료가 된다. 증상의 완화와 함께 머리가 맑아지고 몸이 가벼워지는 느낌이 들어야 진짜 치료가 된 것이다.

나는 수험생들의 아프고 힘든 상황을 여러 번 겪었고, 나와 같은 어려움을 겪는 수많은 아이를 치료했다. 그 과정에서 수험생들의 건강 상태와 심리 상태를 누구보다 잘 이해할 수 있었다. 이 책은 이러한 경험과 통찰을 바탕으로 쓴 책이다.

이 책은 잔병치레가 많고 체력이 약한 수험생뿐만 아니라 체력이나 건강을 자신하는 수험생이 현 상태를 유지하고 관리하는 데에도 많은 도움이 될 것이다. 그리고, 힘들어하는 아이에게 도움이 되고 싶은데 뭘 해줘야 할지 모르는 분들, 마지막까지 우리 아이가 지치지 않게 세심하게 관리해주고 싶은 분들, 아이의 증상과 질병에 대해 정확하게 알고 싶은 분들에게도 큰 도움이 될 것이다. 또한, 입시라는 힘든 시기를 현명하게 잘 이겨내고 싶은 분들과 성적이 안 올라서 돌파구를 찾는 분들도 이 책에서 해결의 실마리를 찾을 수 있을 것이다.

감사의 글

글을 써보니 좋은 책은 사람들의 도움 없이는 빛을 볼 수 없음을 알게 되었다. 글이 써지지 않고 포기하고 싶을 때 응원해주고 아낌없이 조언해 준 분들이 있어 이 책이 나올 수 있었다. 옆에서 한결같이 내조해주는 사랑하는 아내와 살아가는 이유가 되어주는 예쁜 딸과 멋진 아들에게 사랑과 감사의 마음을 전한다. 아들 잘되기만을 바라시고 기도해주시는 어머니와 큰 사위를 믿어 주시고 응원해주시는 장인 장모님께도 진심 어린 감사의 마음을 전한다. 멋진 책이 나올 수 있게 교정해주시고 디자인해주신 출판사 분들께도 감사의 마음을 전한다. 또한 그동안 도움이 필요할 때마다 좋은 인연으로 만나 가르침과 도움을 베풀어 주신 많은 분께 감사의 마음을 전한다. 마지막으로 이 책을 통해 좋은 인연이 되신 독자분들께 미리 감사인사를 드린다.

차례

서문 – 수험생 직업병을 잡으면 성적이 잡힌다 2

1. 성적이 안 오르는 진짜 원인

행복은 성적순 이잖아요 14

우리 아이는 왜 노력을 안 할까 23

학원스케줄만 관리하면 성적이 오를까 30

결심을 해도 안 되는 이유 38

공부 유전자 VS 노력 유전자 46

꾀병일까, 진짜 아픈 걸까? 53

2. 수험생 직업병! 지금 고쳐야 수능 대박 노릴 수 있다

퇴사가 안 되는 유일한 회사원, 수험생 64

우리 아이가 아픈 날이 1년에 며칠일까 72

우리 아이가 수험생직업병에 걸렸다고요? 81

수험생직업병, 방치하면 성인병 된다 88

재수, 삼수 안 하는 비결 97

3. 엄마도 모르고 아이도 모르는 증상이 큰 병 된다

우리 아이 건강 체크리스트 108

공부를 방해하는 복병, 비염 115

잊을 만하면 찾아오는 불청객, 두통 122

밥 먹기가 겁나요! 신경성 소화불량과 과민성대장증후군 129

공든 탑이 와르르~ 시험불안증후군 137

집중력 저하, 체력 저하! 성적 하락은 불 보듯 뻔하다 145

4. 잘못된 상식이 우리 아이를 망친다

신경성이라고요? '신경성질환', '~증후군'의 정체 156

고카페인 음료는 저승행 고속열차 165

비타민이 채워주지 못하는 50% 173

총명탕은 효과 없다 181

감기에 안 걸리고 500살까지 사는 방법 189

공진단, 아무 때나 먹지 마라 197

5. 수험생 직업병 치료! 검사부터 달라야 한다

수험생은 극한 직업 208

수험생에게 꼭 필요한 세 가지 검사 217

두뇌가 좋아지려면 이것 먼저 확인해보자 225

수험생 체질별 맞춤 치료의 중요성 233

수험생과 국가대표선수 관리의 공통점 242

6. 꿈을 이룬 아이들

SKY 합격, 해법은 따로 있다 256

우리 아이가 이렇게 달라졌어요 263

아이가 건강하면 가족이 행복하다 271

지금 알고 있는 것을 그때도 알았더라면 278

꿈은 반드시 이루어진다 286

새로운 꿈에 도전하는 아이들 293

성적이 안 오르는
진짜 원인

1

행복은
성적순
이잖아요

<u>100</u>

1989년에 나온 '행복은 성적순이 아니잖아요'라는 영화는 그 당시 학생들 사이에서 선풍적인 인기를 끌었다. 이 시대를 살았던 학생이라면 이 영화를 보지 않았더라도 그 인기는 다들 알고 있을 것이다. 오래 전이라서 영화 내용은 기억이 안 나지만 영화제목과 주연 배우였던 이미연은 아직도 잊을 수가 없다. 이 영화를 계기로 이미연은 하이틴 스타로 떠올랐고, 모든 남학생들이 선망하는 '책받침 여신'이 되었다.

이런 제목으로 영화가 나올 정도로 그 당시에도 성

적에 대한 스트레스는 대단했다. 성적에 대한 부모의 과도한 관심, 성적이 떨어지는 아이들에 대한 선생님의 무시와 차별 등등. 사회적으로도 상당히 이슈가 되었다.

몇 년 전, 우리나라 학생들의 성적과 행복과의 관련도를 조사한 결과가 나왔다. 결과는 충격적이었다. 학생들 70%가 행복은 성적과 상관이 없다고 했지만, 성적이 상위권일수록 자신의 삶이 행복하다고 답했다. 겉으로는 행복과 성적은 상관이 없다고 이야기하지만 실제로는 학생들의 행복은 성적에 크게 영향을 받았던 것이다. 부모도 아이들보다 더 하면 더 했지 덜하진 않을 것이다. 대한민국에서 아이의 행복은 곧 부모의 행복이기 때문이다.

영화가 나온 지 30년이 지난 지금도 그 때와 별반 달라진 게 없는 듯하다. 입시와 교육제도가 여러 번 바뀌었지만 사회에서 성적을 중시하는 건 여전하다. 대한민국에서 행복은 아직도 성적순이다.

학창시절에 성적이 좋으면 여러 가지 혜택을 누린

다. 선생님들의 관심을 독차지하고 친구들의 부러운 시선을 받을 수 있다. 자연스럽게 모범생 이미지가 생겨 임원이 되기도 쉽다. 선생님이 보호해주기 때문에 일진 같은 애들이 함부로 건드리지 못한다. 성적이 좋으니 좋은 대학에 들어갈 수가 있고, 좋은 대학을 나오면 대기업에 취직이 잘 된다. 승진할 때도 도움이 된다. 성인이 되어서까지 학벌이 지대한 영향을 끼치는 것이다.

물론 과거만으로 현재를 평가하는 건 불공평한 면이 있다. 좋은 대학에 갔더라도 놀기만 한 사람과 조금 안 좋은 대학을 갔지만 마음잡고 열심히 노력한 사람이 있다면 후자가 인정을 받아야 함이 마땅하다. 그런데 그런 특수한 경우보다는 학창시절 성적대로 가는 경우가 일반적이다. 왜냐하면 어릴 때 공부를 열심히 했던 친구들은 열심히 하는 습관이 몸에 베어 있어서 어딜 가든 열심히 하기 때문이다. 주변 환경 또한 무시할 수 없다. 좋은 대학교에는 선배들이 다양한 곳에 포진되어 있어 취업에 대한 여러 가지 정보를 들을 수 있고, 주변 친구들이 열심히 공부하기 때문에 그 분위기에 따라서 열심히 하게 된다. 그래서 좋은 대학에 들어가는 것은 정말 중요하다.

"교과서만 열심히 봤어요."

해마다 대학입시가 끝나면 수능만점자가 등장해서 하는 말이다. 신문에 인터뷰 기사가 실리고 TV에 출연해서 공부법에 대해 이야기해준다. 어떻게 공부했냐는 질문에 항상 저 대답이 나온다. 솔직히 교과서만 봐서는 수능에서 만점 받는 건 거의 불가능하다. 아마도 과외나 학원에 의존하지 않고 혼자 힘으로 했다는 의미일 것이다. 왜냐하면 나도 그랬고 당시 공부 잘하는 친구들은 대부분 알아서 공부를 했기 때문이다. 요즘 말로 하면 자기주도학습을 잘하는 친구들이었다.

간혹 주위 분들이 어떻게 하면 그렇게 공부를 잘 하냐고 물어보곤 했다. 그럴 때마다 대답하기 어려웠다. 딱히 공부를 잘 해야겠다고 결심을 한 것도 아니고, 특별한 공부방법이 있는 것도 아니었기 때문이다. 매일 꾸준히 멈추지 않고 한 것 밖에 없다. 과외도 별로 안 했고 학원도 거의 안 다녔다. 독서실도 별로 안 다니고 학교 야자시간에만 공부했다.

곰곰이 생각해보니 공부를 잘 할 수밖에 없는 이유가 있었다. 3가지로 요약하면 다음과 같다.

첫째, 목표를 세우되 과도한 욕심을 부리지 않았다. 점수를 높이려고 노력했지만 꼭 이 대학에 가야 한다거나, 이번 시험에 전교 몇 등이 되어야 한다고 생각하지 않았다. 성공하려면 목표가 있어야 한다. 확실한 목표가 있다면 목표를 달성하기 위한 계획을 세울 수 있고 슬럼프가 와도 다시 일어날 수 있기 때문이다. 그런데 자칫 목표가 비현실적이거나 목표에 너무 집착할 경우 부담감과 압박감을 느끼기 쉽고, 결과적으로 불안하고 쫓기게 될 가능성이 크다. 서울대에 꼭 가야 한다는 생각, 이번 시험에 반드시 100점을 맞아야 한다는 생각에 빠지면 목표가 오히려 부담감으로 작용하게 된다. 그러면 공부가 안 된다.

둘째, 불평불만이 별로 없었다. 모범생들의 속성 중 하나가 비판 없이 순응한다는 점이다. 무언가에 집중하려면 잡념이 없어야 하는데, 옳고 그름을 따지는 자체가 잡념이 되기 때문이다. 또래 친구들 중에 사회나 교육제도에 비판적인 친구들이 있었던 걸로 기억한다. 하지만 나는 그런 생각을 별로 안 했던 것 같다. 비판적이고 따지는 걸 잘하면 이지적이라고 생각하는 친구들이 있다. 물론 건설적인 비판은 필요하다. 건설적인 비판은 대안을 제시하고 실행하는 것이다. 머리와 입으로 하는 비판은 불평불만에 지나지 않는다. 불평불만의 시간이 지나면 후회만 남는다.

마지막으로 건강이다. 어머니께서 건강관리에 신경을 많이 써주셨다. 건강하게 타고난 체질이 아니라서 그런지 학창시절 주기적으로 체력이 달렸다. 특히 시험기간이 되면 많이 힘들었다. 계속해서 머리를 써야 했기 때문에 늘 피곤했고, 피로와 스트레스가 쌓이다 보니 체기와 두통, 과민성대장증후군, 비염 등이 재발해서 문제가 되었다. 그럴 때마다 어머니께서 음식도 신경 써주시고, 때마다 보약도 챙겨주셔서 끝까지 페이스를 유지할 수 있었다.

🌿 치료케이스 **심리적 트라우마가 있는 다연이**

우리 한의원에 찾아온 다연이도 전형적인 모범생이었다. 중고등학교 성적도 꾸준히 상위권을 유지했고 미래에 하고 싶은 꿈도 있었다. 그런데 수능 당일에 갑자기 배가 아파서 시험을 망쳐버렸다. 그래서 자기가 원했던 대학을 가지 못했다. 원치 않던 대학생활은 즐겁지가 않았다. 자기에 대한 기대치와 남들의 시선들이 의식돼 우울했다. 그렇게 1년을 보내고 나니 다시 꿈을 향해 도전해보고 싶은 마음이 들었다. 휴학을 하고 다시 수능을 준비하기 시작했다. 그러던 어느 날, 갑자기 겁이 덜컥 났다. 시험 볼 때 지난번처럼 배가 아파서 시험을 못 보면 어떡하나 하는 생각이 불현듯 떠올랐기 때문이다. 이런 생각 때문에 공부에 집중할 수 없었다. 근심걱정이 쌓이면서 설상가상으로 불면증까지 생겼다.

수능시험장에서 느낀 갑작스러운 복통이 트라우마로 작용해서 이런 상황까지 온 것이다. 미래에 대한 걱정과 불안 때문에 공부는 손에 잡히지 않았고, 모의고사를 볼 때면 극도로 긴장이 돼서 배가 아프고 화장실을 들락거려야 했다. 멘탈을 아무리 강하게 가지려 해도 증상은 더욱 심해져만 갔다. 피곤한 날이면 시험을 망치는 악몽을 꾸고 식은땀에 흠뻑 젖은 채 깨기도 했다. 앞으로 아무것도 할 수 없을 것만 같았다. 절망적이었다.

'멘탈을 강하게 가지면 돼.'

힘든 상황을 이야기할 때마다 주위에서 흔히 하는 이야기다. 다연이도 멘탈을 강하게 하고 싶어서 동기부여를 해주는 유튜브 영상도 보고, 불안감이 밀려들 때는 불안을 이겨내는데 도움을 주는 심리 서적도 읽어보았다. 하지만 매번 그때뿐, 일상으로 돌아가면 다시 불안해졌고 시험을 볼때마다 배는 계속 아파왔다.

스트레스를 많이 받더라도 몸이 아프지 않아서 공부하는데 지장이 없고, 몸이 안 좋더라도 머리는 맑아서 책을 보기만 해도 이해가 쏙쏙 된다면 정말 좋을 텐데, 왜 조물주는 이렇게 몸과 마음을 연결시켜 놓았을까? 그 깊은 뜻은 알 수 없지만 우리 몸이 그렇고 자연의 원리가 그러하다면 불평불만만 하기보다 모범생들처럼 그 뜻에 순응해보자. 머리를 맑게 하기 위해 속을 먼저 편안하게 하고, 심리적 트라우마를 극복하기 위해 신체를 먼저 튼튼하게 해보면 어떨까. 건강해져서 손해 보는 건 없으니 도전할만한 시도가 아닐까?

해부학적으로 살펴보면 뇌와 대장은 미주신경이라는 10번째 뇌신경으로 서로 긴밀하게 연결되어 있다. 이 미주신경을 통해 뇌와 대장이 직접 소통을 한다. 대장으로부터 오는 정보가 미주신경을 통해 뇌로 전달되고, 뇌에서 만들어진 명령은 미주신경을 통해 대장에 전달되는 정교한 통신 시스템이 몸속에 존재하는 것이다.

트라우마나 지속적인 스트레스는 미주신경을 약화시키고 뇌와 대장간의 통신 시스템에 오류를 일으킨다. 과민성대장증후군의 경우 뇌에서 일어나는 작은 불안감이나 별 것 아닌 생각들이 미주신경에서 증폭되어 대장을 자극하고, 그 결과 대장 근육이 수축하거나 과하게 긴장하면서 배가 아프고 대변이 마렵게 된다.

치료를 통해 미주신경이 정상적으로 작동하게 되면 신경성 증상들은 하나 둘 사라지기 시작한다. 증상이 나타나지 않으니 그동안 나를 괴롭혔던 예기불안[1]도 사라진다. 원인을 알 수 없어 답답했던 신경성 질환들로부터 자유로워지는 것이다.

"조금만 일찍 오지 그랬니."

3개월의 치료가 끝나고 활짝 웃는 다연이를 보며 말했다.
다연이가 조금만 더 일찍 왔더라면 어땠을까?
치료 시간이 줄어들었을 테고, 마음고생도 덜 했을 테고, 귀중한 시간을 낭비하지 않았을 텐데. 참 안타깝다.

---

[1] 자신에게 어떤 상황이 다가온다고 생각되는 경우에 생기는 불안. 그와 같은 특정의 상황에서는 이전에도 불안을 느꼈으나 실패하거나 하는 경우가 많으며 일종의 조건부 기전이 관계하고 있다고도 할 수 있다. 간호학대사전, 대한간호학회, 1996, 한국사전연구사

우리 아이는
왜 노력을
안 할까

서울대학교에 입학하고 6년, 한의대에 입학하고 4년, 합해서 10년간 과외로 수많은 아이들을 가르쳤다. 만났던 아이들은 천차만별이었지만 신기하게도 어머님들의 생각은 같았다.

"우리 아이가 머리는 좋은데 노력을 안 해요."

과외 첫날 어머님들이 나를 붙잡고 하는 첫 대사다. 어느 집을 가던 마치 짜고 치는 것처럼 똑같은 상황이 벌어진다. 처음에는 많이 당황했다. '뭐지, 이 데자뷔는?', '지난번 집이랑 아는 사이는 아니겠지?' 머릿속에서 이런저런 상상을 하고 있으면 다음 대사가 코스요리처럼 줄줄이 따라 나온다.

"우리 아이가 초등학교 때는 공부도 잘하고 반장도 도맡아 했는데, 지금은 도대체 왜 이러는지 모르겠어요.", "공부를 하기만 하면 잘 할 수 있는데, 선생님이 우리 아이 성적 좀 올려주세요."
"네, 어머니~ 우선 테스트 한 번 해볼게요."

내 자식은 머리는 좋은데 노력을 안 해서 성적이 안 나오는 거라고? 물론 맞는 말이다. 머리가 좋더라도 노력을 안 하면 성적은 안 나온다.

우리나라 운동선수들, 그중에서도 특히 축구선수 중에 청소년기에 천재적인 재능으로 세간의 주목을 받다가 사라져 버린 선수들이 많다. 어린 나이에 국가대표로 뽑히고 매스컴에서 축구신동으로 소개돼서 국민들의 기대를 한껏 받다 보니 자만해지고 게을러져서 평범한 선수로 전락한 것이다.

마찬가지로 어릴 적부터 신동 소리깨나 들은 아이들이 있다. 공부 머리를 타고나서 초등학교 때까지 집안의 기대를 한 몸에 받았는데 중학교 이후로 성적이 떨어지고 평범한 아이가 되는 경우가 많다. 왜 그런 걸까?

공부 머리가 있는 아이들은 본인이 언제든 노력하면 따라잡을 수 있다고 착각한다. 마치 토끼와 거북이에 나오는 토끼처럼 행동한다. 충분히 쉬고 놀고 자고 남은 시간에 공부에 집중하면 된다고 이야기한다. 본인들이 마치 아인슈타인인 것처럼 말하고 행동한다. 하지만 아무리 아인슈타인이라도 그렇게 공부하면 SKY는커녕 인서울도 못 간다.

"어머니 죄송해요. 이 친구한테는 저보다 더 나은 선생님이 필요할 것 같아요."

한 달만 가르쳐보면 답이 나온다. 머리만 믿고 노력을 안 하는 아이들은 아무리 가르쳐도 안 된다. 혼내는 것도 한두 번이지 여러 번 큰 소리를 내고 나면 힘만 빠지고 서로 관계만 나빠진다. 이럴 땐 빨리 헤어지는 게 서로에게 좋은 일이다.

거북이처럼 꾸준히 노력하는 아이들이 결과가 잘 나온다. 평균 정도의 머리만 가지고 있어도 중고등학교에서 배우는 내용을 이해하는데 전혀 문제가 없기 때문이다. 오히려 어릴 때 공부머리가 없다고 걱정하던 아이들이 나중에 상위권 성적을 받는 경우가 많다. 타고난 머리가 없으니 노력으로 메꿔야 한다는 걸 일찍 깨달은 것이다.

'메타인지'라는 말이 있다. 메타인지란 나의 수준을 스스로 정확하게 파악하는 능력을 말한다. 내가 아는 부분과 모르는 부분을 명확하게 알고 있을수록 메타인지가 높다고 표현한다. 메타인지는 IQ보다 상위레벨의 인지능력으로, 공부나 성공에 대한 관여도가 IQ보다 훨씬 높다는 실험 결과들이 나오고 있다.

몇 년 전에 교육방송에 메타인지 실험을 한 내용이 나왔다. 상위 0.1%에 속하는 아이들과 평범한 아이들을 비교하는 실험이었다. 두 그룹 모두 IQ는 비슷했고 부모의 경제력이나 학력도 별 차이가 없었다. 무작위로 단어를 보여주고 기억력을 테스트했는데 두 그룹 모두 기억하는 단어의 개수는 비슷했다. 하지만 둘 사이에는 놀라운 차이점이 있었다. 상위 0.1%에 속하는 아이들은 자신이 기억하는 단어가 몇 개인지 정확하게 맞췄다는 점이다. 즉, 상위 0.1%는 자기 수준을 객관적으로 바라보는 메타인지가 높았다.

메타인지가 높은 아이들은 시험의 답을 맞추기 전에 이미 본인이 어떤 문제를 틀렸는지 정확하게 알고 있다. 이런 아이들은 자신이 어디가 부족한지 알기 때문에 필요한 부분만 찾아서 공부한다. 아는 부분을 다시 보지 않기 때문에 불필요한 시간낭비를 하지 않는다. 반면 메타인지가 낮은 아이들은 본인이 어디가 약한지 어느 부분이 부족한지 알지 못하기 때문에 이미 아는 부분을 다시 보느라 시간을 낭비한다. 이와 같이 메타인지의 차이에 따라 같은 시간을 공부하더라도 그 효율이 크게 달라지게 된다.

IQ가 높다고 대학에 뽑히지 않고, 머리가 좋다고 기회를 주지 않는다. 타고난 재능이 아니라 노력의 결과를 본다. 따라서 경쟁에서 이기려면 지능이 아니라 시험점수가 좋아야 한다. 점수를 높이는 방법은 오직 노력뿐이다. 머리가 좋다고 해서 점수가 저절로 오르지는 않는다. 이제는 현실을 직시해야 한다.

노력도 조금 힘든 정도로는 부족하다. 몸이 못 따라 갈 정도는 되어야 제대로 노력을 한 것이다. 국가대표 선수들이 입에서 단내가 날 정도로 훈련하고 탈진해서 우는 모습을 본 적이 있는가? 피겨여왕 김연아 선수가 훈련이 너무 힘들어서 수백 번 포기하려고 했던 이야기를 들어본 적이 있는가? 스포츠 선수들은 훈련을 하면서 늘 부상을 달고 산다고 한다. 그럼에도 불구하고 그러한 고통을 인내하며 포기하지 않고 한계를 넘어선 사람만이 영광의 자리에 앉을 수 있다.

공부도 마찬가지다. 너무 힘들어서 포기하고 싶은 마음이 수백 번 들어야 한다. 피곤해서 잠이 쏟아져야 하고, 허리랑 어깨가 아파야 한다. 입맛이 없고 소화가 안 되고 머리가 아파야 한다. 이런 증상은 체력의 한계에 부딪힐 때 나타나고, 더 이상 몸이 버티지 못할 때 나타난다. 물론 이런 상태로 공부를 오래 지속하기 어려운 건 안다. 하지만 이만큼은 해야 한다는 뜻이다. 지레 겁먹고 노력의 수위를 조절하지는 말자. 체력 저하나 질병은 치료를 통해 충분히 보완할 수 있다.

우리 아이가 50만 명 중 500명 안에 들지 못한다면 '우리 아이는 머리가 좋다'는 환상에서 빨리 깨어나야 한다. 그리고 아이한테도 절대로 머리가 좋다는 그릇된 생각을 심어주면 안 된다. 그것이 아이의 성적을 올리기 위해 해야 할 첫 번째 일이다. 아이가 머리에 의지할 수 없음을 받아들이는 순간 변하기 시작한다. 노력하지 않으면 안 된다는 것을 깨달았기 때문이다.

자, 이제 모든 준비가 끝났다. 엄마와 아이가 환상에서 벗어났고 노력이 제일 중요하다는 것도 알았다. 이제 마지막 관문이 남았다. 바로 노력을 뒷받침할 건강과 체력이다. 체력이 떨어지지 않도록 주기적으로 보충하고, 병이 있다면 반드시 치료해야 한다. 몸이 따라주지 않으면 그동안의 노력은 수포로 돌아간다.

노력하는 아이에게 진료실에서 내가 꼭 하는 이야기가 있다.

"넌 공부만 신경 써라. 건강과 체력은 내가 책임진다."

학원스케줄만
관리하면
성적이 오를까

중3 겨울방학 때였다. 주변 친구들이 학원을 다니기 시작했다. 고등학교에서 배우는 내용이 어려우니 미리 예습하러 가는 것이라고 했다. 그 무렵 큰 규모의 학원이 생기기 시작했고 많은 학생들을 모아서 과목별로 수업을 진행하는 단과반이 유행이었다. 나도 분위기에 휩쓸려 친구와 함께 고1 수학반에 등록했다. 갔더니 100명이 넘는 학생들이 기다란 책상에 다닥다닥 붙어서 수업을 들으려고 앉아 있었다. 인기수업이라 그랬는지 강의실이 여러 학교에서 온 아이들로 꽉 차 있었다. 학원 선생님이 마이크를 잡고 말씀하셨는데 학교에선 볼 수 없는 낯선 모습이라 무척 신기했던 기억이 난다.

그때 처음 '수학의 정석'이라는 수학 참고서를 봤다. 누가 만들었는지 참 공부하기 싫게 만들었다. 일단 책이 무척 두꺼웠다. 앞뒤를 딱딱한 하드커버로 막아놓았는데 앞표지에 딱딱한 글씨체로, 그것도 한자로 달랑 제목만 써 있었다. 가뜩이나 부담스러운 과목인데 디자인이라도 예쁘게 하지. 안에는 깨알 같은 글자와 수식이 잔뜩 쓰여 있었다. 수학인데 국어사전을 읽는 느낌이었다. 그림이라도 많으면 부담이 덜할 텐데, 그림이라곤 간간이 나오는 선과 점, 그래프가 전부였다. 이런 책이 고등학생들이 보는 필수교재라니! 게다가 이런 책을 5번 이상 봐야 대학에 붙는다는 소문도 돌았다. 이 갑갑한 책을 다섯 번이나 봐야 한다고?

이후로도 방학이 되면 한두 달씩 학원을 다니거나 과외수업을 받았다. 안 하면 불안했기 때문이다. 그 당시는 지금 아이들처럼 한 학년을 통째로 선행하는 방식이 아니라 1~2챕터만 미리 봐두는 정도였기 때문에 성적을 올리는 데는 전혀 도움이 되지 않았다. 하지만 남들처럼 뭔가 하고 있다는 점에서 안심이 되었던 것 같다. 이마저도 안 하면 방학을 허송세월 할 것이 분명했기 때문이다.

'맹모삼천지교'라는 말을 들어 보았을 것이다. 맹자의 어머니가 자식의 교육을 위해 세 번 이사했다는 고사에서 유래한 말이다.

몇천 년이 지난 지금도 아이를 생각하는 부모님의 마음은 변함이 없는 듯하다. 그래서 우리 부모님들도 좋은 환경이 있는 곳으로 오려고 한다. 좋은 학교와 좋은 학원, 공부를 잘하는 아이들이 모여있는 환경이라면 얼마가 들어도 아깝지 않다. 좋은 환경에 둘러싸여 있을 때 아이도 좋은 방향으로 영향을 받는다는 걸 맹자 어머니처럼 우리도 잘 알고 있기 때문이다. 그래서 지금 좀 부담이 되더라도 아이의 미래를 위해 통 큰 투자를 한다.

전교 1등이 다닌다는 학원을 발품 팔아 알아내고, 엄마들 모임에 나가서 학원 정보도 공유한다. 좋은 학원에 보냈다고 끝이 아니다. 학원 선생님들은 잘 가르치는지, 숙제도 많이 내주시는지, 아이들 출결도 꼼꼼히 챙겨주시는지 지속적으로 체크한다. 대학별 입시요강도 꼼꼼히 훑어보고 대입관련 인터넷 카페에 가입해서 아이들 못지 않게 관심을 가지고 공부를 한다.

집안의 환경도 중요하다. 아이가 모처럼 공부를 하려고 하는데 주위에서 TV 드라마나 스마트폰을 보면서 놀면 아이도 놀고 싶은 생각이 들게 되고, 부부싸움을 해서 냉랭한 집안 분위기가 연출된다면 아이도 예민해지고 우울해져서 공부에 집중하기 힘든 환경이 조성된다. 그래서 수험생 아이를 둔 부모는 환경뿐만 아니라 스스로도 관리해야 한다. 아이는 주변 환경과 주위 사람에게 지대한 영향을 받는다는 사실을 명심하자. 아이를 컨트롤하려 하기 전에 내 자신과 주위 환경을 잘 컨트롤하고 있는지 살펴보자. 백마디 잔소리보다 공부할 수 있는 환경을 만들어주는 것이 훨씬 효과적이다. 그리고 그것이 훨씬 쉽다.

자, 이제 모든 것이 완벽해졌다. 우리 아이를 위해 교육열이 높은 동네로 이사를 했고, 가장 잘 가르친다는 학원을 찾아 등록을 마쳤다. 내신관리를 위한 스케줄도 촘촘하게 짜고, 수시에 필요한 동아리 활동이나 봉사 활동 등도 완벽하게 구성했다. 집에서도 아이 눈치 봐가며 조심조심 생활하고, 아이가 갈 수 있는 대학의 입시자료도 틈틈이 정리한다. 아이도 학원에 잘 나가고 숙제도 열심히 하는 것 같다. 학원 선생님도 친절하고 체계적으로 관리를 받고 있는 것 같아 안심이 된다.

그리고 맞이한 첫 번째 시험. 성적이 뭔가 이상하다. 생각보다 성적이 안 나왔다. 아이가 첫 시험이라 적응이 안 되어서 그런 걸 수도 있다. 그래서 부모는 아이를 안심시키고 더 열심히 서포트한다. 그런데 성적은 더 떨어졌다.

'학원이랑 안 맞나?', '선생님이 잘 못 가르치나?', '학교에서 아이들과 트러블이 생겼나?'

알아보니 이유가 될만한 것이 별로 없다. 친구들과의 관계도 큰 문제가 없고 학원 선생님도 마음에 든다고 한다. 가르치는 것도 잘 이해가 된다고 한다. 시험 때 긴장이 돼서 그런지 집중이 좀 안됐고 배가 조금 아팠지만 괜찮았다고 한다.

외부 환경이 원인인 경우 쉽게 해결이 가능하다. 학원이 안 맞으면 학원을 바꾸면 되고, 아이의 성향이 1:1로 하는 걸 좋아하면 과외로 바꾸면 된다. 선생님이 못 가르치면 반을 바꾸면 되고, 학교에서 트러블이 생기면 좀 어렵긴 하지만 담임선생님과 상의해서 풀어갈 수 있다. 성적 중에 한 과목만 유달리 안 나온다면 문제점을 진단해서 안 풀리는 부분만 집중적으로 보충하면 해결해 나갈 수 있다. 그런데 할 수 있는 건 다 해봤는데 변화가 없다면? 이런 문제가 아니라면 어떻게 해야 할까? 넋 놓고 기다릴 수만은 없다. 시간은 흘러가고 수능은 다가온다. 더 이상 뒤쳐지면 따라잡기 버겁다.

이런 아이들이 있다. 학원은 매일 가서 앉아있는데 체력이 약해서 수업시간에 졸거나 멍하게 있는 시간이 많은 아이. 속이 불편하고 신경이 쓰여서 공부에 집중하기가 어려운 아이. 시험 전에 배가 아파서 학교 화장실에서 설사를 하는 아이. 흔한 케이스지만 부모가 자세히 관찰하지 않는 이상 발견하기 어려운 경우가 많다. 아이가 공부하다 힘들어진다고 스스로 말하는 경우는 없고, 집중이 안돼 딴 생각을 한다고 말하기도 어렵다. 혼날 게 뻔하기 때문이다. 어디가 아프거나 불편한데 계속해서 심하게 아프지 않다면 그 순간이 지나고 잊어버리거나 그냥 창피해서 말을 안 하는 경우도 있다. 이런 상황이 반복되면 심리적으로 위축되고 시험이 다가올수록 불안감이 커지고 집중력은 떨어진다.

환경이 중요하다는 것은 많이 알고 있다. 그런데 우리가 흔히 말하는 환경은 대부분 외적인 환경이다. 사는 동네, 학교, 학원, 선생님, 친구 등 우리 아이를 둘러싼 환경적 요인을 말한다. 여기는 관심을 많이 가지고 있기 때문에 잘 보인다. 눈에 보이기 때문에 평가하기도 쉽다. 그런데 잘 보이지 않는 환경이 있다. 바로 몸속 내부 환경이다.

외부 환경에 문제가 없는 경우 내부 환경에 관심을 가질 필요가 있다. 아니, 미리미리 잘 살펴봐야 한다. 몸의 내부 환경은 '뇌'라는 나무가 뿌리내리는 땅과 같기 때문이다. 땅이 있어야 씨앗이 싹이 틀 수 있고, 땅이 비옥해야 나무가 잘 자랄 수 있다. 외부 환경인 비와 햇빛, 퇴비도 중요하지만 비옥한 땅은 기본이다. 몸은 땅과 같다. 몸이 받쳐주지 않으면 아무리 좋은 외부 환경도 의미를 잃어버린다.

이제부터 우리 아이의 외부 환경뿐만 아니라 내부 환경도 점검해보자. 학원에서 약한 과목이 무엇인지 진단받는 것처럼, 몸의 어디가 약한지 진단을 받아보자. 약한 과목을 집중해서 보충하듯이 우리 아이가 약한 체질을 집중해서 끌어올려주자.

외적으로나 내적으로나, 우리 아이에게 완벽하게 좋은 환경을 만들어주자.

결심을 해도
안 되는
이유

"엄마, 저 서울대 가기로 결심했어요."

꿈에서라도 이런 말을 들을 수 있다면 얼마나 행복할까. 밥을 먹지 않아도 배가 부르고, 예능 프로그램을 보지 않아도 얼굴에 웃음이 가득할 것이다. 당장 우리 아이가 좋아하는 반찬을 사러 부리나케 장을 보러 가고, 나도 모르게 주위에 자랑을 할지도 모른다.

"글쎄, 우리 아이가 무슨 생각이 들었는지 서울대를 가겠다고 그러지 뭐야~"

하지만 자랑은 잠시 접어두자. 내일이 되면 아이 생각이 또 바뀔지 모르니까.

많은 아이들이 새 학기가 되면 열심히 해야겠다고 결심하고 의지를 불태운다. '이제부터 진짜 마음잡고 공부해야지!'라고 말이다. 물론 그때 그 마음은 진심이다. 하지만 다음날이 되어도 달라지는 것이 없다. 한두 번이면 믿어주겠는데, 매번 이런 상황이 반복되면 결심했다는 말을 듣는 순간 의심부터 생긴다. 이제는 말도 곱게 안 나온다.

"네가 서울대 가면 내 손에 장을 지진다."

도대체 우리 아이는 왜 결심만 하다 끝날까?
말과 행동이 왜 이리 다를까?
이유를 알기 전에 우선 결심의 정의부터 살펴보자.
결심決心 : 할 일에 대하여 어떻게 하기로 마음을 굳게 정함. 또는 그런 마음.[2]

---

2) 표준국어대사전

그렇다. 결심은 어떤 일에 대해 어떻게 하기로 마음을 굳게 먹는 것을 의미한다. 내가 서울대 가기로 결심했으면 열심히 공부하겠다고 마음을 굳게 먹은 것이다. 내가 살을 빼기로 결심했으면 열심히 운동하고 식단을 조절하겠다고 마음을 굳게 먹은 것이다. 하지만 잘 살펴보면 결심이라는 단어에는 행동이 달라진다는 뜻이 포함되지 않는다. 우리 아이들은 진실을 말한 것이다. 결심한다고 했지 실천을 하겠다고 한 건 아니니까.

그렇게 결심을 하는 순간, 공교롭게도 재미있는 유튜브 영상이 눈에 들어오고, 친한 친구의 카톡 알람이 울린다. 주말 약속이 잡히고, 공짜로 식사할 기회가 생긴다. 이런 상황이 되면 마음 속에서 갈등이 생긴다. 하고 싶은 마음과 하기 싫은 마음이 다투기 시작한다. 그런데 대부분 하기 싫은 마음이 이긴다. 결심은 했지만 실행까지 이어지지 않는 것이다. 그리고 후회한다. 이렇게 결심과 후회가 반복되면 자포자기하게 된다. 주변 사람들도 더 이상 기대를 하지 않는다. 자기 자신을 믿지 못하게 되면서 자존감도 떨어진다. 어느 순간부터는 결심조차 하지 않으려 한다.

자전거를 배울 때를 생각해보자. 처음에 자전거를 배울 때는 타고 넘어지기를 반복한다. 넘어지면서 무릎도 까지고 또 넘어질까 겁도 나지만 계속해서 타다 보면 어느 순간 잘 타게 된다. 어느 순간부터는 내가 어떻게 자전거를 타는지 의식하지 않는다. 의식하지 못하지만 몸이 알아서 잘 타고 있다. 처음에는 팔다리를 어떻게 할지 생각하느라 정신이 없었는데 이제는 자전거를 타면서 여유롭게 다른 생각도 할 수 있다. 자전거를 타는 것이 너무나 자연스럽고 편한 일상이 된다.

이렇게 무의식이 지배하는 상태가 되면 부교감 신경이 활성화되고 몸과 마음이 이완된다. 수백 번, 수천 번 자전거 연습을 하면서 얻어진 데이터가 뇌에 저장되었다가 자전거를 타는 순간 자동으로 나오기 때문에 따로 신경 쓰지 않아도 자연스럽게 행동하게 되는 것이다. 이런 무의식적인 행동은 불필요한 에너지 소모를 줄일 수 있다는 장점이 있다. 그래서 습관이 한 번 생기면 우리 뇌는 잘 변하지 않는다.

하지만 무의식적인 행동에는 단점도 있다. 별 생각

없이, 하던 대로, 습관적으로 하게 된다는 것이 바로 그것이다. 결심을 한다는 건 기존의 습관을 다른 습관으로 만들겠다는 것이다. 공부를 안 하던 습관에서 공부를 하는 습관으로, 살이 찌는 습관에서 살이 빠지는 습관으로 바꾸겠다는 것이다. 기존의 습관을 바꾸기 위해서는 의식적인 노력이 필요하고, 그 과정에서 에너지가 많이 소모된다. 뇌는 이런 상황을 좋아하지 않는다. 그래서 뇌는 결심에 저항한다. 그 결심이 아무리 좋아도 말이다.

단군신화에 보면 곰이 쑥과 마늘만 먹고 100일을 버텼더니 사람이 되었다. 우리 어머님들도 새벽마다 정한수 한 사발을 떠놓고 자식 잘 되게 해달라고 100일간 빌었다. 종교단체에서도 소원을 빌 때 100일 기도를 드린다. 그런데 왜 하필 100일일까?

100일이라는 기간에는 엄청난 비밀이 숨겨져 있다. 그건 바로 습관이 변하는 시간이다. 의식적으로 100일간 행동하면 그때부터는 내가 원하는 습관을 가지게 된다는 말이다. 예체능을 해보면 알 수 있다. 악기도 3개월은 해야 소리다운 소리가 나고, 운동도 3개월은 해야 폼이 난다. 무의식 중에 좋은 습관이 자리 잡은 것이다. 그러면 그때부터는 쉽다. 처음처럼 힘들지 않고 자연스러워진다. 그렇게 3년 정도 하면 내공이 쌓이고 아마추어에서 벗어난다.

공부도 마찬가지다. 100일만 공부하는 습관을 만들 수 있다면 이후는 쉽다. 공부 습관이 만들어졌기 때문이다. 그렇게 3년을 계속하면 공부에 감이 생긴다. 스스로 부족한 부분을 파악하고 성적을 관리할 수 있게 된다. 그러면 원하는 대학에 들어갈 가능성이 한층 높아진다.

나는 공부습관을 만들기 위해 환경을 바꿨다. 우선 공부를 방해하는 것들을 최소화했다. 핸드폰의 게임을 지우고, 카톡 알람을 껐다. 그리고 딴짓하기 어려운 곳을 찾아갔다. 사람들이 모여있는 도서관이나 학원 강의실이 딴짓을 할 수 없어 자주 이용했다. 씻고 옷 입고 이동하는 시간을 아끼면 더 공부할 수 있다는 사람도 있지만 대부분 집에 있으면 딴짓을 하다가 정작 공부는 몇 시간 못한다. 그보다 낯선 환경이 공부에 집중하기에 훨씬 효과적이다. 처음에는 일어나기도 힘들고 밖에 나가기도 귀찮았다. 그러나 꾸역꾸역 하다 보니 습관이 되었고, 나중에는 알람 없이도 일어나고 밖에 나가는 것도 편하게 느껴졌다.

작심삼일作心三日 이라는 속담이 있다. 마음을 먹어도 3일을 못 간다는 뜻으로 습관을 이겨내기가 쉽지 않다는 부정적인 의미가 강하다. 하지만 3일만 가도 대단한 것이다. 의식적으로 3일간 기존의 습관을 바꿔왔다는 것이니 칭찬받아 마땅하다. 하루도 못 가는 사람이 훨씬 많다.

작심삼일을 반복하라. 아니 작심'일일'을 반복하라.

하루만 습관을 바꿔도 그날은 성공한 것이다. 다음 날에 잘 안 되면 다시 결심하고 하루만 성공하면 된다. 그렇게 격일로 성공해도 1년간 차곡차곡 쌓이면 180일이고 6개월이다. 기존의 습관을 1년의 절반이나 바꿨다면 대성공이다.

아이가 하루라도 노력했다면 이제부터 비난하기보다 마음껏 칭찬해주자. 우리도 살면서 습관을 바꾸는 것이 얼마나 어려운 일인지 수없이 겪어 보지 않았나. 우리 아이는 하루 동안 바위처럼 단단한 습관의 벽을 허물려 했고 강력한 무의식의 조종을 이겨냈다.

아이가 결심하고 삼일 동안 변했다면 파티를 열어주자. 작심삼일을 습관으로 만들면 위대한 인물이 될 수 있다.

부모의 칭찬도 한 번 하고 그치면 안 된다. 칭찬도 습관을 들여야 한다. 오늘부터 부모도 칭찬의 작심삼일을 반복하자.

기억하자. 모든 위대한 업적은 하루의 변화에서 시작되었다.

공부 유전자
VS
노력 유전자

한창 재미있게 마음 공부를 하던 때였다. 마음 공부를 가르쳐 주시던 선생님께서 제천에서 한방치유센터를 운영하셨기 때문에 종종 놀러 가곤 했다. 그곳에 가면 사모님께서 맛있는 약선 요리도 해주시고 낙엽이 쌓인 산책로를 거닐면서 명상도 할 수 있어서 좋았다. 당시 그곳에 명리학을 깊이 공부하신 분이 계셨는데, 사주와 심리학을 접목시켜 상담을 해주셔서 흥미롭게 들었다.

내 사주는 역마살이 많은 사주라고 했다. 운명의 기

둥이 되는 4개의 글자가 서로 충돌하기 때문에 한 곳에 오래 머물지 못한다는 것이다. 좋은 말로 하면 다양한 시도와 도전을 하는 운명이라는 것이고, 나쁜 말로 하면 한 가지 일을 진득하게 하지 못한다는 것이다. 듣다 보니 그런 것도 같았다. 어릴 적 이사도 자주 했고, 커서는 대학도 2번 다니고, 회사도 이직하고, 직업도 완전히 바뀌고, 돌이켜보니 살면서 큰 변화가 많았다. 나는 평범하다고 생각했는데 남들과 비교해보니 그렇지 않았다.

명리학을 알려주신 선생님께 물었다.

"운명은 정해져 있는 건가요?"

그러자, 인상적인 대답을 해주셨다.

"운명의 뜻을 아시나요? 운運 자는 운영한다는 뜻이고, 명命 자는 하늘로부터 받은 사명을 뜻합니다. 풀이하면 하늘에서 부여한 사명을 이루기 위해 내 삶을 적극적으로 운영해가는 것이 운명이라는 것이지요. 누구나 타고난 명은 있습니다. 그렇지만 그 명을 어떻게 운영하느냐에 따라 삶의 결과가 달라집니다. 명리학을 공부해보니 인생에서 운과 명이 미치는 영향은 타고난 것이 30%, 개척하는 것이 70%인 것 같습니다."

무릎을 탁 치게 하는 말씀이었다. 내가 하늘로부터 받은 것도 중요하지만 그보다 더 중요한 것은 어떻게 삶을 운영하고 개척해 나가는 가다. 아무리 좋은 재능을 타고 났어도 그 재능을 꽃피우기 위해 노력하지 않는다면 운명은 그를 단호히 거부할 것이다.

TV 오디션 프로그램을 보면 타고난 음색과 가창력을 지닌 참가자가 한 명씩 나타난다. 그의 노래를 들으며 관객과 심사위원들은 감탄을 금치 못한다. 공부도 마찬가지로 날 때부터 천재적인 아이들이 있다. 이런 친구들을 보고 있으면 확실히 차원이 다르다는 것을 느낀다. 이 친구들이 노력까지 한다면 상위 1%는 이들의 몫이라고 봐야 한다. 어쩔 수 없다. 토끼가 쉬지 않고 달리는데 거북이가 어떻게 따라잡을 수 있겠나. 하지만 다행인 건 나머지 99%의 아이들은 다 거북이라는 것이다. 그러니 노력하면 된다. 쉬지 않고 노력하면 노는 토끼들까지 따라잡을 수 있다.

과외를 가르쳤던 아이들 대부분은 평범한 머리를 가지고 있었다. 여러 번 설명해줘도 이해를 못하는 경우가 많았다. 그래도 아이들은 포기하지 않았고 문제를 어떻게든 풀어 보려 했다. 의지가 있고 열심히 노력하는 모습이 기특해서 나도 열심히 가르쳤다. 좋은 결과를 만들어야 했기에 아이들이 해이해질 때면 흔들리지 않게 혼도 많이 냈지만, 아이들이 슬럼프에 빠지면 격려도 해주었고, 체력이 떨어진 아이들에겐 한약을 해주기도 했다. 그렇게 1년, 2년을 열심히 노력한 아이들 중에 5~6등급에서 1~2등급으로 올라간 아이들이 많았다.

에디슨은 '천재는 1%의 영감과 99%의 땀으로 만들어진다'고 했다. 내 경험상으로도 성적에 머리가 미치는 영향은 1%이고 노력이 미치는 영향이 99%인 것 같다. 아무리 머리가 좋아도 공부를 하지 않으면 시험 문제를 풀 수 없다. 머리가 좋다는 건 단지 남들이 100번 볼 때 나는 99번 봐도 된다는 뜻이지 공부를 안 해도 성적이 나온다는 뜻은 아니다. 그럼에도 본인의 머리만 믿고 노력을 안 하는 아이들을 보면 안타깝다.

"저는 아무리 노력해도 안 되는데요."

아이들은 자기는 머리가 나빠서 노력해도 안 된다며 핑계를 댄다. 물론 정말 공부 머리가 없는 아이들도 있을 수 있다. 하지만 내가 가르쳐 본 모든 아이들은 머리가 부족한 게 아니라 노력이 부족했다. 아이들은 학원을 다니고 과외를 받고 선생님이 내준 숙제를 하는 것으로 노력을 다했다고 생각한다. 그런데 다른 애들도 그 정도는 한다. 남들과 똑같이 하기 때문에 티가 안 나는 것이다. 진짜 노력하는 사람은 밥 먹는 시간도 줄이고 자는 시간도 아껴가며 공부한다. 게임 마니아들이 게임에 빠져 식음을 전폐하고 밤을 새우는 것처럼 공부에 몰입한다. 하지만 대부분 아이들은 그 정도까지 하지 않는다.

나는 한의대에 들어가기 위해 아침 6시부터 밤 10시까지 공부했다. 식사시간과 휴식시간, 이동시간을 최대한 줄이며 공부에 투자했다. 그래도 시간이 부족했다. 수능까지 공부할 수 있는 시간이 3개월밖에 없었기 때문이다. 그래서 남들보다 더 열심히 노력했고 그에 따른 결과를 얻었다. 만약 남들처럼 공부했다면 어땠을까? 힘들면 쉬고 피곤하면 자면서 쉬엄쉬엄 공부했다면 절대 목표를 이루지 못했을 것이다.

누구나 노력의 최대치를 끌어내면 성적 향상이 가능하다. 그러기 위해서는 절박함이 필요하다. 나는 당시 회사를 그만둔 상황이었고 더 이상 물러설 곳이 없는 벼랑 끝에 서 있는 심정이었다. 여기서 실패하면 1년이란 세월을 기다려야 했다. 그 사이 들어갈 생활비와 학원비를 생각하면 도저히 답이 나오지 않았다. 그래서 이번에 반드시 끝내야 한다는 각오로 필사적으로 노력했던 것이다.

수능 준비를 하면서 많이 아쉬웠던 점이 있었다. 몸이 아파서 공부를 못한 날들이 바로 그것이다. 어떤 날은 두통이 심해서 공부가 안 되었고, 또 어떤 날은 체해서 공부를 할 수가 없었다. 환절기에는 비염 때문에 주위에 민폐를 끼치고 도서관을 나와야 했고, 너무 피곤한 날은 다음날 아침에 눈이 안 떠져 오전을 통째로 날려 먹기도 했다. 점심만 먹고 나면 졸음이 쏟아졌고 그러면 오후에 집중이 안 돼 너무 힘들었다.

'이렇게 아프지 않았다면 훨씬 더 많이 공부할 수 있었을 테고, 성적도 훨씬 더 잘 나왔을 텐데…' 아쉬움이 컸다. 아무리 공부 머리를 타고났어도 아프면 끝이고, 간절한 의지가 있어도 체력이 없으면 노력에 한계가 있다는 걸 몸소 체험했다.

우리 아이가 의지도 있고 노력도 열심히 하는 것 같은데 성적이 안 나온다면 의심해봐야 한다. 숨겨진 질병이 있는 건 아닌지, 혹은 체력이 떨어진 건 아닌지.

선천적으로 타고난 체력은 30%에 불과하고 남은 70%는 후천적으로 관리하고 키울 수 있다. 한의학을 알지 못할 때는 허약한 체력을 타고난 운명이라 여겼다. 그래서 건강관리와 체력관리를 소홀히 했다. 하지만, 많은 수험생들을 치료하고 아이들이 성과를 내는 걸 보면서 체력도 충분히 키울 수 있고 강화할 수 있음을 깨달았다.

우리 아이의 성적을 운명에 맡길 것인가? 아니면 적극적으로 컨트롤할 것인가?

꾀병일까,
진짜
아픈 걸까?

누구나 어릴 적에 꾀병을 앓은 적이 있을 것이다. 조
금만 아파도 학교가 가기 싫어 많이 아프다고 부모님
을 속이기도 하고, 다 나았는데 다 안 나은 것처럼 해
서 학원을 건너뛰기도 한다.

다음의 시를 보면서 그때의 추억을 떠올려보자.

어떡하지[3]

자다가 설풋
머리만 깼다

등 뒤에서
통닭 먹는 소리가 들린다

—오빠도 깨울까
동생이 말했다

—학원 가기 싫어 아프다며 잠들었는데 나둬라
엄마가 씨익 웃으며 말했다

그러고 나서
아무런 말이 없다

통닭 먹는 소리가
점점 크게 들렸다

어떡하지

제 꾀에 자기가 걸려 넘어진 너무 웃픈 상황이다. 학
원에 가기 싫어서 아프다고 하고 잠든 척 누워있는데

---

3) 이승하 시인의 '내 영혼을 움직인 시' (301) / 꾀병 추억이 있나요? – 주하
의 '어떡하지'

등뒤에서 가족들이 치킨을 맛있게 먹고 있을 때, 그 기분은 상상하기도 싫다.

성인도 꾀병을 부린다. 대표적인 것이 월요병이다. 나도 예전에 직장 다닐 때 월요병을 자주 앓았다. 토요일이 되면 다음날 쉬니 밤늦게까지 이것저것 먹고 영화를 보면서 시간을 보내다가 새벽에 자곤 했다. 그렇게 자고 일어나면 벌써 일요일 점심. 내일 아침 일찍 회사에 갈 생각에 갑자기 가슴이 답답해진다. 어제 야식을 많이 해서 그런 건지, 기분이 안 좋아서 그런 건지 이상하게 소화도 안 되고 머리도 아프고, 운동도 안 했는데 괜히 여기저기 아팠다.

그런데 이상하게도 월요일이 공휴일이면 월요병 증상이 안 나타났다. 그런 날은 월요일인데도 기분이 상쾌하고 아픈 데가 없었다. 대신 화요일에 아팠다. 그런 걸 보면 월요병은 꾀병이 맞는 듯하다.

최근 조사에 따르면 직장인 10명 중 7명이 입사 후 건강이 나빠졌다고 한다. 질병 1위는 자세에 따른 목, 어깨, 허리의 통증이고, 뒤를 이어 장시간 컴퓨터 사용으로 인한 안구건조증, 과도한 업무량으로 인한 피로, 불규칙한 식습관으로 인한 급격한 체중변화, 운동 및 휴식 부족으로 인한 체력저하가 나왔다.

업무량뿐만 아니라 그로 인해 받는 심리적인 부담감이나 회사동료와의 스트레스 등도 건강을 악화시키는 요인이다. 과중한 업무와 스트레스가 반복되다 보면 번아웃증후군과 같은 무서운 병이 생기기도 한다.

인터넷에 번아웃증후군을 검색해보면 주요 증상이 다음과 같다.

1. 기력이 없고 쇠약해진 느낌이 든다.

2. 쉽게 짜증이 나고 노여움이 솟는다.

3. 하는 일이 부질없어 보이다가도 오히려 열성적으로 업무에 충실한 모순적인 상태가 지속되다가 갑자기 모든 것이 급속도로 무너져 내린다.

4. 만성적으로 감기, 요통, 두통과 같은 질환에 시달린다.

5. 감정의 소진이 심해 '우울하다'고 표현하기 힘들 정도의 에너지 고갈 상태를 보인다.

(출처: 네이버 지식백과)

번아웃(burn out)은 직역하면 '불타서 없어진다'는 뜻을 가지고 있다. 우리말로 하면 소진이나 탈진이라고 번역할 수 있다. 너무 열심히 일하던 사람이 어느 날 심리적, 육체적 체력이 고갈되어 무기력해지고 무너져 버리는 것이다. 안타깝게도 이 병은 병원에서 검사해도 아무런 이상이 나오지 않는다.

수험생들은 직장인보다 훨씬 많은 시간을 공부에 쏟아붓고 있고 입시경쟁으로 인해 극심한 피로와 스트레스에 시달리고 있다. 아이들을 보면 야간자율학습에, 학원에, 아침 일찍부터 밤 늦게까지 쉬지 않고 책상에 앉아서 공부하고, 주말에도 쉬지도 못하고 학원이나 독서실에 가서 공부한다. 직장인들은 퇴근하면 쉴 수도 있고 주말에 놀러 가서 주중에 쌓인 스트레스를 풀 수도 있는데, 우리 아이들은 매일매일 짧게는 3년, 길게는 6년 이상 강행군이다. 스케줄을 들어 보면 번아웃되지 않는 게 신기할 정도다.

그런데 혹시, 우리 아이도 지금 번아웃되기 직전인 건 아닐까? 꾀병인 줄만 알았는데 알고 보니 중병이라면?

기분이 우울하거나 답답할 때처럼 심리적으로 힘들 때 몸도 같이 아픈 경우가 많다. 정말 아파서 참다 참다 병원에 갔는데 검사해도 이상이 없다고 나오면 사람들이 이상하게 보기 시작한다. 공부하기 싫으니까, 일하기 싫으니까 꾀병 부린다고 여긴다. 이럴 때 정말 미치고 답답할 노릇이다. 진짜 아픈데도 어디 하소연할 데도 없다. 치료할 방법이 없다는 생각에 더 우울해지고 무기력해진다.

중고등학교 시절 나는 시험 때만 되면 배가 살살 아팠다. 배만 아프고 만 것이 아니라 화장실에 가서 설사를 해야만 했다. 시험시간에 늦으면 안 되기 때문에 편하게 볼일을 볼 수도 없었다. 급하게 뛰어다니느라 숨은 차고 마음은 진정이 되지 않았다. 볼일을 보고 나면 통증은 사라졌지만 기운이 쏙 빠졌다. 그럴 때마다 시험에 집중하기가 어려웠다. 그런데 시험 기간만 지나면 신기하게도 그 증상이 싹 사라졌다. 시험 기간에는 되게 불편한데 평소에는 괜찮으니 내가 봐도 꾀병 같았다. 그렇다 보니 누구한테 말하기도 그래서 꾹 참았다. 나중에 알고 보니 과민성대장증후군이라는 병이었다.

과민성대장증후군의 원인을 단순히 스트레스 때문이라고 오해하는 사람들이 있다. 스트레스를 안 받을 때는 증상이 안 나타나기 때문일 것이다. 그래서 어떤 사람들은 아이들한테 스트레스를 받지 말라고 이야기한다. 혹은 의지를 강조하고 생각을 바꾸라고 한다. 그건 어른들도 잘 못하는 일인데 아이들이 과연 가능할까?

학년이 높아질수록, 수능이 가까이 다가올수록 시험 스트레스는 점점 커진다. 당장 증상이 없다고 방치하거나 심리적인 부분만 강조하다가 결정적인 순간에 배가 아프면 돌이킬 수 없다. 그런 생각은 폭탄을 안고 있으면서 시험이 끝날 때까지 터지지 않기를 바라는 것과 같다. 게다가 그런 일들을 반복적으로 경험하면 트라우마가 되어 치료하기 더 어려워진다.

최근 연구에 따르면 꾀병은 단순히 심리적인 스트레스로 인해 거짓말을 하는 게 아님이 밝혀졌다. 뇌에서 내장과 온몸 구석구석까지 뻗어나간 기다란 신경이 있는데, 스트레스를 받는 순간 그 신호가 뇌에서 이 신경을 통해 온몸으로 전파됨으로써 실제로 통증을 느끼게 되는 것이다. 특히 건강이 안 좋을 때 증상은 더 심해진다.

아인슈타인이 그랬다. 똑같은 일을 반복하면서 다른 결과를 기대하는 건 미친 짓이라고. 우리 아이가 시험 때마다 배가 아픈데 다음 시험에서 안 아프길 바라는 것도 미친 짓이 아닐까?

치료해서 나을 수 있는데도 억지로 참으면서 불안해하거나 걱정만 하는 것은 어리석다. 공부에 집중하는 시간도 모자란 판에 아플까 걱정하면서 시간을 허비한다면 좋은 결과를 기대하기 어렵다. 시험에 방해가 되는 게 있다면 빨리 해결해주자. 그래야 우리 아이가 시험에만 오롯이 집중할 수 있다.

1등급UP 공부팁

- 목표는 세우되 과도한 욕심을 부리지 않는다.
- 불평불만이 없어야 한다.
- 거북이처럼 꾸준히 노력하는 아이들이 결과가 잘 나온다.
- 메타인지가 높은 아이들만이 자기주도적 학습을 할 수 있다.
- 몸이 못 따라갈 정도는 되어야 제대로 노력을 한 것이다.
- 좋은 학교와 좋은 학원, 공부를 잘하는 아이들이 모여 있는 환경이라면 얼마가 들든 아깝지 않다.
- 집안 환경도 중요하다. 백 마디 잔소리보다 공부할 수 있는 환경을 만들어주는 것이 훨씬 효과적이다.
- 결심을 한다는 건 기존의 습관을 다른 습관으로 만들겠다는 것이다.
- 작심'삼일'을 반복하라. 아니, 작심'일일'을 반복하라.
- 오늘부터 부모도 칭찬의 작심삼일을 반복하자.
- 머리가 좋다는 건 단지 남들이 100번 볼 때 나는 99번 봐도 된다는 뜻이지 공부를 안 해도 성적이 나온다는 뜻은 아니다.
- 누구나 노력의 최대치를 끌어내면 성적 향상이 가능하다. 그러기 위해서는 절박함이 필요하다.

1등급UP 건강팁

- 아무리 공부머리를 타고났어도 아프면 끝이고, 간절한 의지가 있어도 체력이 없으면 노력에 한계가 있다.
- 선천적으로 타고난 체력은 30%에 불과하고, 남은 70%는 후천적으로 관리하고 키울 수 있다.
- 실제로 아픈 것을 꾀병이라고 착각하면 병이 진행되어 중병이 된다.
- 시험에 방해가 되는 증상이 있다면 빨리 해결해주자.
- 몸의 내부 환경은 '뇌'라는 나무가 뿌리내리는 땅과 같다.

수험생 직업병!

지금 고쳐야

수능 대박 노릴 수 있다

2

퇴사가 안 되는
유일한 회사원,
수험생

삼성에 다닐 때였다. 점심식사를 마치고 회사로 돌아와 믹스커피를 한 잔 하면서 직장 동료들과 담소를 나누고 있었다. 이런저런 이야기를 나누던 중에 무심코 회사 안을 둘러보았다.

'어라, 나이 드신 분들이 없네?'

나이가 40대 중반 이후인 분들이 안보였다. 그래서 곁에 있던 과장님께 여쭤보았다.

"40대 후반 분들은 안 보이네요?"

"그걸 아직도 몰랐어? 명예퇴직 당해서 안 보이는 거지."

망치로 머리를 한대 맞은 듯 했다. 우리나라에서 가장 좋은 회사인 삼성에 들어왔으니 정년까지 열심히 일하면 될 거라 생각했다. 열심히 하다 보면 임원까지 승진해서 노후 걱정 없이 잘 지낼 거라 생각했는데, 불과 10년 뒤면 퇴사를 준비해야 한다니! 당시 회사에서는 구조조정이 진행되고 있었고 많은 분들이 명예퇴직이라는 이름으로 어쩔 수 없이 퇴사를 해야만 했다. 주로 직급이 높고 나이가 있는 분들이 그 대상이었다.

고민이 되었다. 10년 뒤 어떤 일을 할 수 있을까? 남들처럼 치킨집을 하고 싶진 않았다. 회사 월급과 퇴직금을 아껴서는 퇴직 후 남은 몇십 년을 살아갈 수 없을 것 같았다. 그렇다면 지금 결정해야 했다. 오랫동안 일할 수 있고 보람도 있고 경제적으로도 여유가 있는 직업이 필요했다.

과장으로 승진하면서 고민은 더 깊어졌다. 과장부터 구조조정 대상에 해당되기 때문이다. 지금처럼 성실히 일하면 10년은 문제가 없을 것이다. 하지만 그 이후는 아무리 생각해도 답이 없었다. 내 모습이 마치 서서히 끓는 물에서 익어가는 줄도 모르고 헤엄치는 우화 속 개구리처럼 보였다. 그렇게 고민하던 어느 날 문득 고3 시절이 떠올랐다.

대학입시상담 시즌이었다. 그 당시 서울대 공대와 경희대 한의대를 두고 진로를 고민했다. 그때는 한의대가 지금처럼 인기있는 학과가 아니었기 때문에 서울대와의 점수차는 상당했다. 그래도 그런 고민을 했던 이유는 서울대를 나오신 큰아버지의 영향이 컸다. 설날에 친척들이 모여 이런저런 이야기를 나누다 진로에 대해 이야기를 하게 되었다. 큰아버지는 서울대를 졸업하시고 굴지의 대기업에서 임원까지 하신 후 정년퇴직 하셨는데도 나를 보고 한의대를 권하셨다. 퇴직 후에도 일을 더 할 수 있고 더 하고 싶은데 불러주는 곳은 없고 새로운 일을 시작하기엔 위험부담이 크다고 하셨다. 회사를 위해 열심히 일하셨는데 내가 없어도 회사가 잘 돌아가는 걸 보니 허무하다 하셨다.

그런데 한의사는 나이 들어도 일할 수 있고 안정적이지 않냐 하셔서 그때부터 진지하게 고민하게 되었다. 담임선생님과 면담하면서 고민을 말씀드렸더니 버럭 화를 내셨다.

"정신차려 이 녀석아! 쳐주지도 않는 한의대 가서 뭐하게?"

20년 넘게 지났지만 그 한마디는 아직도 생생하게 기억이 난다. 어찌 보면 담임선생님 입장에서는 당연한 말이다. 물리학과를 나오신 분이셨고 당연히 서울대 공대를 갈 것이라고 생각했던 제자가 한의대를 가겠다고 말하니 분통이 터졌을 것이다. 게다가 당시 서울대에 가는 학생의 수가 학교의 평가를 좌지우지했으니 그러셨을 수밖에.

어릴 적 어른들이 항상 하던 말씀이 있다.

"좋은 대학을 나와야 좋은데 취직할 수 있다."

나는 우리 부모님들 세대가 바라는 소위 '엄친아'였

다. 중고등학교 때 열심히 공부해서 서울대 공대에 들어갔고 석사과정까지 마쳤다. 우리나라 최고의 대기업에서 스카우트 제의를 받았고, 산학장학금까지 받으면서 남들보다 비교적 수월하게 취직이 되었다. IMF 때 많은 취준생들이 입사취소통보를 받았지만 나는 예외였다. 모범생처럼 성실히 일하다 보니 회사에서 인정도 받았고 남들보다 몇 년은 빨리 승진했다. 그래서 젊었을 때는 자신만만했다. 회사에 들어가서 몇 년 일하다가 새로운 일을 하고 싶다는 생각이 들면 다른 곳으로 이직했다. 스펙이 좋고 인맥이 넓어서인지 이직도 금방 되었다.

좋은 대학을 나오니 어른들 말씀처럼 좋은 회사에 취직은 잘 되었다. 하지만 어른들이 알던 평생직장은 없었다. 좋은 회사에 취직했으니 이후로 걱정 없이 잘 살 줄 알았는데, 현실에서는 얼마 안 있어 퇴직을 걱정해야 하는 불안한 상황이 벌어지고 있었다. 시대가 변해서 어른들 말씀이 더 이상 먹히지 않고 있었다. 그래서 나는 퇴사를 결심했다. 13년 전 꿈꾸었던 한의대를 다시 가기 위해.

직장은 다니다 퇴사할 수 있다. 나처럼 꿈을 이루기 위해 그만둘 수도 있고, 일이 너무 많고 힘들어서 그만 둘 수도 있다. 병이 들어서 치료에 전념하기 위해 그만 둘 수 있다. 그럴 땐 퇴사를 하고 잠시 쉬었다가 다시 나랑 맞는 곳을 찾거나 새로운 일을 찾으면 된다. 당장 퇴사하지 않더라도 언제든 그만 둘 수 있다는 희망이 있으면 답답한 회사생활을 견디기가 훨씬 수월하다. 이런 직장인이 있다고 상상해보자.

그는 매일 아침 7시에 일어나서 직장에 간다. 하루 종일 앉아서 매일 같은 일을 한다. 50분 일하고 10분씩 쉬는데 일하는 중간에는 자유롭게 커피 한 잔 마시거 나 동료와 이야기를 나눌 수도 없다. 쉬는 시간에는 어 제 못 끝낸 업무를 해야 하기 때문이다. 일이 안 될 때 다른 직장인들처럼 잠깐 인터넷을 보거나 친구들과 SNS를 할 수도 없다. 마치 기계처럼 주어진 스케줄대 로 일해야만 한다. 그리고 매달 평가시험을 본다. 수시 로 역량평가도 받아야 한다. 3년 내내 시험과 평가에 서 높은 점수를 받아야 승진해서 편한 부서로 갈 수 있 는데 경쟁이 엄청나게 치열하다. 한 번이라도 삐끗하 는 날이면 다음 부서이동을 위해 속절없이 1년을 기약해야 한다.

그렇게 하루 종일 치열하게 일하다가 오후 3시쯤 '첫 번째' 일터에서 퇴근을 한다. 시간이 없어 저녁도 편의점에서 대충 때우고 투잡을 뛰러 '두 번째' 회사로 출근한다. 월급을 주는 것도 아닌데 남들도 그런다는 이유로 똑같이 일을 한다. 매일 밤 10시가 되어서야 회사 업무가 일단락된다. 피곤이 급속하게 밀려온다. 집에 가서 푹 쉬고 싶은데 그럴 수 없다. 다음날까지 과제를 제출해야 하고 발표준비도 해야 하기 때문이다. 끝도 없는 일로 인해 밤을 새기 일쑤이고 주말을 반납하는 건 예사다. 휴가기간에도 여행은 언감생심. 아침부터 밤늦게까지 교육 프로그램을 이수해야 한다.

어떤가? 월급도 못 받고 이런 생활을 3년 이상 하라면 할 수 있을까? 1년도 견디기 어려울 것이다. 아마 요즘 젊은 직장인들은 바로 사표를 쓸 것이다. 노조를 결성해 투쟁을 할지도 모른다.

그런데 이 시대에 이렇게 살아가는 직장인들이 있다. 퇴사는 꿈도 못 꾼다. 혹시 누군지 짐작이 가는가?

그렇다. 바로 우리 아이들이다.

지금 우리 아이들이 이렇게 혹독한 환경에 살고 있다. 월급도 못 받고 직장인들보다 더 힘든 수험생활을 묵묵히 해나가고 있다. 직장인들은 주말이나 휴가를 이용해 스트레스도 풀고 쉴 수 있는데 우리 아이들은 그럴 수 없다. 공부라는 반복된 일과 입시라는 엄청난 스트레스를 견디며 아파도 말도 못하고 3년 이상을 고생한다. 사직서를 제출할 만도 한데 군소리 없이 공부해주니 참 고맙고 감사한 일이다.

우리 아이들이 퇴사할 수 없다면,
아프지 않고 다닐 수 있게 병이라도 고쳐줘야 한다.
어쩔 수 없이 다녀야 한다면 힘이라도 덜 들게 해주는 것이 부모의 몫이다.

우리 아이가
아픈 날이
1년에 며칠일까

내가 중학교에 올라가면서부터였다. 주말만 되면 슬슬 걱정이 되기 시작했다.

'이번 주도 머리가 아프면 어떡하지?'
'아, 또 아프기 시작하네.'

나는 어릴 적부터 이상하게 주말만 되면 두통이 잦았다. 두통이 생기면 남들은 주로 뒷골이 당기고 아프다는데 나는 앞머리가 깨질 듯이 아팠다. 보통 점심식사를 하고 나서부터 슬슬 조짐이 보이기 시작했다. 서서히 두통의 강도가 세지다가 저녁 무렵이 되면 너무 아파서 아예 다른 일을 할 수 없었다. 머리만 아픈 것이 아니라 눈도 빠질 것 같이 아팠다. 형광등 불빛에도 눈이 부셔서 눈을 뜨기 힘들었다. 이쯤 되면 깜깜한 방에 들어가 눈을 꽉 감고 잠을 자는 수밖에 달리 방법이 없었다.

두통의 조짐이 보이는 날엔 두통과 싸울 준비를 해야만 했다. 당시 타이레놀은 내가 두통에 대항할 수 있는 유일한 방법이었다. 약을 먹으면 통증을 잠시 잊을 수 있었다. 그래서 약에 의존할 수밖에 없었다. 약이 떨어지면 불안했기 때문에 내 가방엔 항상 타이레놀이 들어 있었다. 그런데 날이 갈수록 약의 효과는 떨어졌다. 약이 안 듣는 날이 늘어날수록 걱정도 커져갔다.

처음에는 약을 먹고 하루 밤 자고 나면 두통이 사라졌다. 그런데 언제부턴가 이튿날까지 아프기 시작했다. 아침에 일어났는데 머리가 아프면 만사가 귀찮고 짜증이 났다. 이런 날은 하루 종일 인상을 찌푸리며 지낼 수밖에 없었다. 머리를 쓰면 두통이 심해져서 공부는커녕 친구를 만나는 것조차 힘들었다. 이렇게 보통

한 달에 1~2번, 심한 달은 2~3번 이상 두통이 생겼다. 안 아픈 날에도 아플까 봐 불안했다. 두통이 생겼을 때의 고통을 알기 때문이었다.

아이가 머리가 아프다고 할 때, "1~2일 아픈 게 무슨 대수냐."고 말하는 부모가 간혹 있다. 그렇다면 우리 아이들이 1년에 며칠이나 아픈지 계산해 보자. 우리 아이들이 한 달에 1~2번 아프다고 한다면 1년은 12달이니 1년 동안 총 12~24일동안 아픈 셈이다.

1년간 두통으로 날려버린 기간
월 1일 두통 X 12달 = 총 12일 (12일 = 봄방학 기간)
월 2일 두통 X 12달 = 총 24일 (24일 = 여름방학 기간)

고등학교 3년 내내 아프다면 수능 보기 전에 두통으로 고생하는 기간이 최소 36일에서 많게는 72일에 이른다.

3년간 두통으로 날려버린 기간
1년에 12일 두통 X 3년 = 총 36일
1년에 24일 두통 X 3년 = 총 72일

나처럼 중학교 때부터 6년간 아팠다면 우리 아이는 자그마치 72일에서 144일 동안 아픈 것이다.

> 6년간 두통으로 날려버린 기간
> 1년에 12일 두통 X 6년 = 총 72일
> 1년에 24일 두통 X 6년 = 총 144일

두통처럼 1~2일 만에 증상이 가라앉는 경우라면 그래도 좀 낫다. 알레르기 비염처럼 환절기 내내 고생하는 경우는 그 손해가 막심하다. 알레르기 비염은 콧물, 재채기, 코막힘을 주요 증상으로 하는 질환으로 증상이 심한 경우 공부에 집중하는 것이 불가능하다. 일반적으로 비염은 환절기마다 주기적으로 나타나는데 짧게는 한 달에서 길게는 3개월가량 고생한다. 고등학교 3년동안 비염에 시달린다면 적어도 3개월에서 많게는 9개월가량 공부를 제대로 못한다.

> 고등학교 3년간 비염으로 날려버린 기간
> 1년에 1개월 비염 X 3년 = 총 3개월(90일)
> 1년에 3개월 비염 X 3년 = 총 9개월(270일)

만약 중학교 때부터 그런다면 어마어마한 시간을 손해 보게 된다. 감기에 걸려 하루만 공부를 못해도 억울한데, 우리 아이가 아파서 몇 달간 공부를 못하는 사이 다른 아이들은 열심히 공부하고 있다면 그 차이가 어떨지 상상해보자.

몸이 약한 아이들은 두통이나 비염뿐만 아니라 소화불량, 과민성대장증후군, 요통, 어깨 뭉침, 생리통 등 다양한 질환에 시달린다. 소화가 안 되어서 한 달에 하루 이틀 고생하고, 설사로 하루 이틀 고생한다면, 또는 허리나 어깨가 아프거나 생리통이 심해서 한 달에 하루 이틀은 누워있어야 한다면 더 이상 한 달에 하루 이틀만 아픈 것이 아니다. 병은 다르지만 각각의 아픈 날을 다 합쳐보면 한 달에 일주일(7일) 이상 아픈 것이고, 일년으로 치면 약 3개월(84일)은 추가로 아픈 셈이다.

시험기간이 아닐 때 아프면 그나마 다행이다. 시험기간에 아프면 그동안 열심히 공부했던 게 다 무용지물이 된다. 약을 먹어 증상이 완화되더라도 시험에 대한 집중력은 떨어질 수밖에 없다. 약을 잘못 먹으면 부작용으로 문제가 커지기도 한다. 비염약을 잘못 먹고 졸리거나 두통약을 먹고 속이 불편해서 아예 시험을 못 볼 수도 있다. 천재가 아닌 이상 아픈 상태로 시험을 보면 성적은 떨어진다.

🌾 치료케이스 **두통이 심한 고3 아이**

두통이 심해 한의원에 온 고3 아이가 있었다. 아이의 아빠는 아이를 직접 고치려고 경동시장에 가서 약초를 달여서 먹였다. 자신의 두통에 민간요법으로 효과를 봤기 때문이었다. 아이도 자신을 닮았으니 좋아질 거라 여겼는데 아이의 두통은 차도가 없었다. 한두 번만 해보고 데리고 왔으면 좋았을 텐데. 무척 안타까웠다. 엄마의 걱정하는 모습을 보니 더 답답했다.

민간요법으로 효과를 본 사람들이 간혹 있다. 그런데 같은 약초를 주위 사람들에게 써보면 별 효과를 보지 못하는 경우가 많다. 어떤 사람들은 부작용으로 고생하기도 한다. 약초도 약인데 왜 이런 결과가 나오는 것일까?

약이 되려면 여러 단계의 임상실험을 통해 효과와 안정성이 검증되어야 한다. 그래야 사람들이 신뢰감을 가지고 안심하고 먹을 수 있다. 식품의약품안전처(식약처)는 이러한 시험 데이터가 객관적으로 인정될 때만 약으로 허가를 해 준다. 나라에서 약으로 써도 된다고 책임을 지는 것이다. 이러한 검증 과정 없이 본인의 경험만을 가지고 모든 사람들에게 효과가 있을 거라 생각하는 것은 위험할 수 있다. 다른 건 몰라도 약은 잘못 쓰면 치명적인 결과를 가져올 수 있기 때문이다.

한 사람의 병이나 체질에 딱 맞는 약초를 찾는 건 그리 쉬운 일이 아니다. 자식이라도 체질이나 병의 원인이 다르기 때문에 비슷한 병처럼 보여도 치료하는 약은 다른 경우가 많다. 몇 달을 먹어야 효과가 있다는 말만 믿고 장기간 복용하다가 부작용이 생기거나 치료시기를 놓치기도 한다. 일반인들은 의학에 대한 지식과 경험이 부족하기 때문에 시행착오가 있기 마련이다. 문제는 그러는 동안 공부에 집중해야 할 아까운 시간이 흘러간다는 것이다.

아이의 질병이 영양제나 비타민으로 치료가 되지 않을까 생각하는 사람들도 있다. 매스컴에서 영양제나 비타민 광고를 많이 하기도 하고 주위에 효과를 본 사람들도 있어서 그렇게 생각할 수도 있다. 하지만 영양제나 비타민은 약이 아니라 건강기능식품으로 허가를 받은 것이다. 치료효과는 없다는 뜻이다. 그래서 '식품'이다. 만약 치료효과가 뛰어났으면 식약처는 약으로 허가를 해줬을 것이다.

수험생은 테스트할 시간이 없다. 아이에게 치료와 무관한 비타민이나 영양제를 먹는 동안 아이의 병은 더 깊어질지도 모른다. 혹시 체질에 안 맞는 약초를 먹고 부작용이 생긴다면 그 시간은 되돌릴 수 없다. 시험을 앞두고 그런 일이 벌어진다면 아이가 받는 심리적 충격은 이루 말할 수 없다.

　손끝에 작은 가시가 박혀본 적이 있는가? 작은 가시 하나 박혔다고 죽는 것도 아니고 통증이 심해서 할 일을 못하는 것도 아니지만 내내 거슬린다. 가시를 핀셋으로 잡아 빼거나 손톱깎이로 살점을 잘라내도 안 나오는 경우가 있다. 이런 날은 가시와 씨름하다 하루가 다 가버리기도 한다. 작은 가시 하나에도 하루 종일 신경이 쓰여 다른 일을 못하는데 병은 오죽할까.

　두통이 죽을 병은 아니다. 비염도 마찬가지다. 하지만 그로 인해 계속 거슬리고 신경이 쓰인다면. 그래서 아이들이 공부에 집중을 할 수 없다면. 그리고 그런 날들이 모여 여러 달이 넘어간다면 엄청난 손해가 아닐 수 없다.

　SKY에 가기 위해서는 절대적인 공부시간이 반드시 필요하다. 공부시간이 부족하면 아무리 머리가 좋아도 좋은 성적을 내기 어렵다. 그렇다고 공부시간이 많다고 되진 않는다. 그 시간에 '집중'해서 공부해야 한다. 즉, 아이의 공부집중시간을 늘리는 것이 대입 성공의 핵심포인트라 할 수 있다.

　부모가 할 일은 아이의 집중을 방해하는 질병을 제거해주는 것이다. 보이는 즉시 바로 치료해주고 재발하지 않게 지속적으로 관리해주어야 한다. 다른 데 신경 쓰지 않고 공부에 오롯이 집중할 수 있는 시간을 확보해주어야 한다.

나는 한의학을 공부하고 내 두통의 원인을 찾았다. 동의보감에 이미 나와있었다. 위장의 체기가 원인이었다. 그 사실도 모르고 두통약으로 버티면서 어린 시절 참 힘들게 공부했다.

'그 때 제대로 치료했더라면 하버드대학에 가지 않았을까?'

가끔 혼자서 상상해본다.

우리 아이가
수험생직업병에
걸렸다고요?

'똑똑똑'

"네, 안에 있어요."

'똥을 하루 종일 싸나', '급해죽겠는데 빨리 좀 나오지'

    K씨는 지하철 화장실 앞에서 하염없이 기다리는 중이었다. 1분이 마치 1시간처럼 길게 느껴졌다. 뱃속에서 꾸루룩 천둥소리가 나고 배가 사르르 아픈 게 설사가 곧 나올 것 같았다. 참으려고 심호흡을 해보기도 하고 다리를 올렸다 내렸다 해보지만 소용이 없었다. 식은땀이 나기 시작했다. 1분만 더 있으면 큰일이 벌어질

것만 같았다.

중고등학교 때부터 장이 좋지 못했던 K씨는 회사원
이 된 이후에도 이런 일을 종종 겪었다. 아침에 별 이
유 없이 갑자기 배가 아팠고 그럴 때마다 화장실을 급
하게 찾았다. 여러 번 이런 일이 있다 보니 지하철 화
장실의 위치를 모조리 외우게 됐고, 지하철 어느 칸에
서 내려야 하는지도 본능적으로 알게 되었다. 주요 지
하철 역은 출근하면서 화장실을 이용하는 사람들이
많기 때문에 몇 정거장 전에 내려 화장실을 이용했고,
화장실에 휴지가 없는 경우를 대비해서 여행용 티슈
를 항상 휴대하고 다녔다. 화장실에 들렀다 가려면 10
분 이상 걸리기 때문에 그 시간까지 계산해서 일찍 집
에서 나왔다.

수년간 나름 노하우가 생겨 이런 일상에 그럭저럭
적응하고 있었지만 가끔 대비할 수 없는 경우가 생겼
다. 이직을 위해 면접을 보러 간다든지, 승진을 위한
영어시험을 본다든지, 남들 앞에서 발표를 하는 등 중
요한 날이 그랬는데, 이런 날에는 배 아플까 걱정이 돼
서 아침부터 식사를 안 하게 되었다. 긴장하거나 신경

을 써야 하는 날이면 음식을 조금만 먹어도 계속 화장실을 가야 했기 때문에 달리 방법이 없었다. 하루 종일 제대로 먹지를 못하다 보니 체력이 달려서 중요한 순간에 제 실력을 발휘하기가 어려웠다.

K씨의 병명은 과민성대장증후군이다. 중고등학생 때부터 시작된 과민성대장증후군이 성인까지 이어져 고통을 받고 있었다. 과민성대장증후군은 장이 예민해져서 약간의 자극에도 대장이 과민반응을 보이는 난치성 질환이다.

한의사가 돼서 진료를 시작하고 보니 많은 사람들이 과민성대장증후군을 앓고 있었다. 특히 시험을 준비하고 있는 아이들 중 상당수가 K씨와 같은 고통을 겪고 있었다. 시험을 보는 날이면 배가 살살 아파 화장실을 들락거리는 경우는 너무 흔했고, 심한 경우 학교나 학원에 가려고만 하면 배가 아파 힘들어 하는 아이들도 있었다. 어떤 아이들은 조금만 뭘 먹어도 신호가 오는데 막상 화장실에 가면 대변이 시원하게 안 나와서 10분 이상 앉아있는다고 했다.

나도 중고등학생 때 시험 보는 날이면 아침마다 배가 아팠고, 특히 수학 시험을 볼 때면 시험 보는 도중에 배가 아파 화장실로 뛰어가기도 했다. 그렇게 화장실에 갔다 오면 진이 쏙 빠져서 힘겹게 시험을 치렀다. 그런데, 지금도 예전의 나처럼 힘들게 공부하는 아이들이 이렇게 많다니. 참 안쓰러웠다. 그렇게 공부하는 것이 얼마나 힘든지 경험해봐서 알기 때문이다.

공부하는 아이들은 이런 과민성대장증후군뿐만 아니라 다양한 증상으로 고통받고 있다. 두통, 소화불량, 체력과 집중력의 저하, 잦은 감기와 목이나 가슴의 답답함, 환절기 비염과 코막힘, 목과 어깨, 허리의 통증, 생리불순과 생리전증후군, 시험불안증과 불면증을 공통적으로 앓고 있다.

사실 나도 이런 증상들을 두루 가지고 있었다. 몸 컨디션에 따라, 계절에 따라, 스트레스 정도에 따라 증상들이 나타나고 심해지기를 반복했다. 그리고 이런 증상들은 성인이 되어서도 없어지지 않고 남아있었다. 성인이 되어 수능과 같은 큰 시험을 준비할 때마다 증상들이 재발했다. 증상이 너무 심할 때는 아예 공부를 할 수가 없었다. 그런 증상이 반복되는 날이면 시험을 포기하고 싶었다.

시험만 끝나면 증상들이 없어질 줄 알았다. 하지만 한의대에 다니면서도 증상들은 없어지지 않았다. 양약을 먹으면 증상이 조금 완화되는 경우도 있었지만 임시방편일 뿐이었다. 그래서 내 몸을 스스로 치료하기로 결심했다. 동의보감을 공부하고 다양한 한의학 서적을 찾아보면서 증상의 원인을 알게 되었고, 치료를 통해 큰 효과를 경험했다. 이후 한의원에서 수험생들을 치료하면서 더욱 확신을 가지게 되었다.

그렇게 수많은 데이터가 쌓이다 보니 수험생에게 공통적으로 나타나는 증상들이 있음을 알게 되었다. 그런데 그 모습이 마치 직장인들이 앓고 있는 직업병과 비슷했다. 비슷한 직업을 가진 사람들은 반복적인 작업과 나쁜 자세, 경쟁으로 인한 스트레스, 쉬지 않고 일하면서 쌓이는 피로, 화학첨가물이 많이 들어간 음식, 급하게 먹는 식습관, 운동부족 등으로 비슷한 질병에 시달리기 쉽다. 이를 직업병이라 부른다. 수험생들도 직장인과 비슷한 생활패턴을 가지고 있고 이에 따른 공통적인 증상들을 보인다. 그래서 나는 수험생이 가지는 특징적인 질병이란 뜻으로 '수험생 직업병'이라는 이름을 붙였다.

정도의 차이는 있겠지만 수험생 직업병에 걸렸다면 공부와 성적에 악영향을 미치게 된다. 지금 견딜만하다고 내버려두거나 시험이 끝나면 좋아질 거라 생각하면 나중에 후회할 수 있다. 수험생 직업병은 잠복하고 있다가 취업시즌이 되거나 공무원시험, 임용고시, 변호사시험 등 큰 시험을 치를 때 재발한다. 그리고 성인병으로 진행된다. 따라서 수험생 직업병은 반드시 치료를 해주어야 한다. 당장의 공부와 성적을 위해서도 그렇고, 아이의 성인병을 예방하기 위해서도 꼭 필요하다.

수험생의 건강에 대해 간과하는 부모가 많다. 의지만 있으면 되고, 좋은 학원만 다니면 된다고 생각한다. 하지만 공부는 건강의 바탕 없이는 절대로 잘 할 수 없다. 정신력도 건강한 신체에서 나온다. 아무리 좋은 공부방법을 배워도 몸이 안 따라주면 의미가 없다. 공부가 가장 쉬웠다는 사람은 막노동으로 단련된 몸을 가지고 있었고, 1년 만에 꼴등에서 1등 한 아이들은 운동선수 출신이었다. 중학교 때 싸움만 하다가 고등학교 때 마음잡고 공부해서 서울대 간 아이도 있다. 이 사람들의 공통점은 신체적으로 매우 강인했다는 점이다. 우리 아이가 이 정도 체력이 아니라면 건강부터 살펴야 한다.

진료실에서 아이들을 바라보면 시험을 준비하던 내 모습이 떠오른다. 공부를 잘하고 싶은데 몸이 안 따라줄 때의 답답함과 짜증, 그리고 이어지는 무력감과 우울함, 이렇게 가다간 시험을 망칠 수도 있겠다는 불안감. 우리 아이들도 이런 마음일 것이다. 부모가 이런 아이의 마음을 알고 미리 해결해준다면 아이도 무척 고마워할 것이다.

수험생 직업병, 치료하면 나을 수 있다. 수험생 직업병만 치료해도 아이의 성적은 올라간다.

수험생직업병,
방치하면
성인병 된다

1박2일 가족여행을 갔다가 집으로 돌아오는 길이었다. 햇볕은 따뜻했고 시골길 주위로 꽃들이 예쁘게 피어 있었다. 한참을 가다 보니 차 안이 점점 더워졌고 아이들이 뒷좌석 창문을 활짝 열었다. 그랬더니 이상한 소리가 들리기 시작했다. 웅웅거리는 소리였다. 몇 년 동안 운전하면서 처음 들어본 소리였다. 겁이 덜컥 났다.

'무슨 고장이 났나? 시골인데 여기서 고장 나면 큰일인데.'

　유심히 들어 보니 차의 속도가 빨라지면 소음의 간격이 줄고 속도를 늦추면 소음 간격이 늘어났다.

　'타이어가 펑크가 난 건가, 아님 휠과 관련된 부품에 문제가 생긴 걸까?'

　나름 공학을 전공한 가닥이 있어 조심스럽게 예상을 해봤다. 그래봤자 상황이 해결되진 않았다. 고속도로가 다가올수록 점점 불안해졌다. '국도로 가야 하나?', '보험사에 전화를 해야 하나?'

　그런데 이상하게도 아내와 아이들은 그다지 불안한 기색이 없었다. 소리가 안 들리냐 물어보니 뒷좌석에서는 안 들리고 조수석에서는 작게 들린다 했다. '나만 예민하게 유난을 떠는 건가?' 웅웅거리는 소리가 너무 시끄러워서 창문을 닫았더니 다행히 소리가 안 들렸다. 그렇게 그날 걱정을 가득 안고 서울로 올라왔다.

　다음날 AS센터에 전화를 해보니 운전석으로 타이어 소리가 들리는 것이라고 했다. 자동차 설계상 그런 거고 고장은 아니라고 했다. 좀 꺼림직하긴 했지만 어쨌든 다행이었다. 차량특성상 소음이 증폭되는 공명 현상[4]이 벌어진 거라고 이해했다. 그런데 몇 년간 타면서 왜 그 소리를 처음 들었을까? 뒤 창문을 활짝 연 적이 없어서였을까?

운전을 하다가 작은 소리라도 나면 긴장이 된다. 자칫하다 고장이 나고 사고로 이어질 수 있기 때문이다. 요즘은 기술이 발달해서 그런 소리가 나기 전에 미리 알려주기도 한다. 타이어의 공기압이 떨어졌다고 메시지가 뜨고, 정기점검을 받으라고 친절하게 알려준다. 블랙박스도 메모리가 꽉 찼으니 비우라고 안내하는 멘트가 나온다. 고장 나기 전에 미리 대비하라는 뜻이다.

차가 고장이 나기 전에는 반드시 조짐이 있다. 차체가 떨리거나 소음이 들리기 시작한다. 그러면 우리는

---

4) 공명은 어떤 파동의 진동수가 다른 물체의 고유 진동수와 같아서 물체의 진폭이 커지는 현상으로, 동일한 고유 진동수를 가지는 두 개의 소리 굽쇠를 놓고 하나를 진동시켰을 때, 이 진동에 의해 다른 소리굽쇠까지 같이 진동하는 현상을 의미한다.
[네이버 지식백과]소리는무엇이며, 그원리는? (훤히 보이는 생활 속 오디오 기술, 2011. 11. 30., 이태진, 유재현, 백승권, 최근우, 이용주, 서정일, 강경옥)

걱정스러운 마음으로 유심히 소리를 들어 보고 주위 사람들한테 물어본다. 인터넷 검색도 해보고 원인을 알려고 노력한다. 자체적으로 해결이 안 되면 AS센터에 가서 자세하게 이야기한다. 그러면 차량 전문가분들이 이렇게 저렇게 소리를 들어 보고 검사장비를 연결해서 테스트하면서 원인을 찾아낸다. 생각보다 별거 아닌 경우도 있지만, 자칫 큰 문제가 될만한 경우도 있다. 어쨌든 생명과 관련된 중요한 문제니 작은 소음도 그냥 지나칠 수 없다.

이제 우리 아이들의 모습을 잘 관찰하고, 아이들의 소리를 찬찬히 들어 보자.

배가 자주 아프다고 하거나, 시험 중간에 화장실에 갔다 왔다고 하지는 않는지.
시험기간이면 밥 먹기 싫다고 짜증을 내지는 않는지.
아침에 깨워도 잘 일어나지 못하고, 낮에도 공부하는 시간보다 자는 시간이 많지는 않은지.
여드름이나 피부트러블이 자주 올라오고, 생리할 때 예전보다 힘들어하지는 않는지.

　이러한 증상들이 조짐에 해당한다. 몸에서 구조신호를 보내고 있는 것이다. 조만간 고장 날 수 있으니 빨리 고치고 수리해달라고 말이다. 아이들은 물어보지 않으면 잘 말하지 않는다. 이것이 병의 조짐이라고 생각하지 못하기 때문이다. 그래서 부모가 아이를 자세히 살펴보고 귀를 기울여야 한다.

　그런데 부모도 이를 대수롭지 않게 여기는 경우가 많다. 공부하느라 피곤해서 그렇다고 여기고, 스트레스를 받다 보니 예민해져서 그런 거라 생각한다. 시험이 끝나면 괜찮아질 거라 생각하고 시간이 지나면 좋아질 거라 여긴다. 병의 원인을 찾아 해결해주지 않고 영양제만 먹이고 비타민으로 때운다.

　조짐을 무시하면 몸에 고장이 난다. 위장에 고장이 나면 조금만 신경을 써도 체하게 된다. 대장에 고장이 나면 긴장할 때마다 설사가 난다. 기혈이 부족해지면 조금만 공부해도 금방 피로해진다. 혈액순환이 안 돼서 어혈이 쌓이면 피부트러블이 생기고 생리에 이상이 생긴다. 그대로 방치하면 일시적인 증상은 점차 만성적인 질병으로 발전한다. 이제는 특별한 일이 없더라도 자주 체하고 이유 없이 설사하며 피곤하다는 말을 입에 달고 살게 된다. 수험생직업병[5]에 걸린 것이다. 이렇게 되면 서울대 갈 아이가 인서울 가고, 인서울 갈 아이는 지방대로 가게 된다.

대학에 들어가면 아이들의 병이 나을 거라 생각한다. 전혀 그렇지 않다. 단지 입시 스트레스가 사라지고 체력 소모가 덜 하기 때문에 질병들이 잠시 수면 아래로 숨는 것일 뿐이다. 하지만 취업준비를 시작하면서 증상이 다시 나타나기 시작한다. 대학교 수업 이외에도 영어와 중국어를 익히기 위해 학원도 다녀야 하고, 전공과 관련된 자격증 시험도 준비해야 한다. 제대로 준비하려면 인턴 경험에 공모전 입상까지 필요하다. 이렇게 스펙을 쌓는 과정에서 수험생 때처럼 몸에 피로가 쌓이고 취업이 안 될 때마다 스트레스 지수는 점점 높아간다. 회사에 입사한다고 끝이 아니다. 처음에는 승진 경쟁에서, 위로 올라갈수록 생존 경쟁에서 살아남아야 한다. 과중한 업무와 대인관계에서 오는 스

---

5) 수험생이라는 특수한 환경에 있는 아이들에게 공통적으로 나타나는 증상이나 질병

트레스로 인해 질병은 더 기승을 부린다.

한의원에서 진료를 할 때 히스토리를 묻는다. 언제부터 아팠는지, 다른 병이 있었는지 병의 역사를 묻는 것이다. 언제부터 아팠는지 물어보면 많은 분들이 중고생 때부터 아팠다고 한다. 편두통이나 만성위염, 과민성대장증후군, 비염, 불안장애와 같은 질병은 대부분 수험생 때 시작된다. 그리고 안타깝게도 많은 사람들이 병의 조짐이 보일 때 치료를 제대로 받지 못한다. 증상이 있을 때만 잠깐 치료하는 데 그쳐서 병을 키운다.

이렇듯 수험생 때 생긴 병을 제대로 치료 안 하면 잠복되어 있다가 성인이 돼서 큰 병으로 발전한다. 수험생 때 가벼운 병이 성인이 되어 난치성 질환으로 돌변하는 것이다. 신경성 소화불량이 만성위염으로, 긴장성 설사가 과민성대장증후군으로, 일시적 체력저하는 만성피로증후군으로 진행된다. 수험생직업병을 방치하면 성인병이 되어버린다.

코로나19가 세상을 덮쳤을 때 큰 변을 당한 사람들

은 기저질환이 있거나 성인병을 앓고 있는 사람들이 었다. 우리 아이들도 곧 성인이 된다. 우리 아이가 지금 수험생직업병을 치료하지 않아서 성인병을 앓게 된다면, 그리고 또 다른 전염병이 전세계를 휘몰아친다면, 결과가 어떻게 될까?

우리 아이가 태어났을 때를 기억해보자. 두 눈은 잘 뜨는지, 우렁차게 잘 우는지, 손가락과 발가락 개수는 맞는지, 눈코입은 누구를 닮았는지 유심히 살폈다. 아기가 울면 배고파서 우는 건지, 아파서 우는 건지, 기저귀를 갈아달라고 우는 건지, 덥다고 우는 건지 신기하게 다 알 수 있었다. 우리는 우리 아이의 전문가였다.

그런데 어느 순간부터 그런 관심이 사라지기 시작했다. 멀리 있는 '입시'라는 거대한 산만 바라보다가 눈앞에 있는 소중한 아이들의 건강에는 관심이 덜했다. 아이들이 내는 성적과 결과에만 집착하다 보니 정작 힘들고 약해진 우리 아이들의 몸과 마음은 무심코 지나쳤다. 아이들마다 다른 소리를 내고 있는데, 그 원인을 살피지 않고 남의 아이가 먹는 영양제를 먹이고 매스컴에서 좋다는 음식만 먹였다.

이제는 우리 아이의 미래를 위해 달라져야 할 때다.

수험생 직업병이 성인병이 되지 않도록.

재수, 삼수
안 하는
비결

　나는 서울에 있는 중동고등학교를 다녔다. 중학교를 졸업하고 중동고등학교에 배정받았을 때 걱정이 많이 되었다. 당시 중동고등학교는 선후배의 규율이 엄격하기로 소문이 자자했기 때문이다. 1학년은 학교 밖에서도 2학년 선배를 보면 90도로 깍듯이 인사를 해야 했다. 3학년 선배는 하늘과 같은 존재였다. 선생님한테는 인사를 안 해도 멀리서 3학년을 의미하는 파란 뱃지가 반짝이면 그 자리에 서서 선배가 인사를 받을 때까지 계속 인사를 해야만 했다. 그렇게 지내다 서울대에 입학했는데 과동기의 절반 정도가 재수생이었다. 그런데 고등학교 때와는 달리 대학교에서는 1살 터울이 선배가 아니라 친구였다. 고등학교 때와는 완전히 다른 대학 문화에 한동안 적응이 되지 않았다.

재수하고 입학한 과동기들도 적응이 안 되긴 마찬가지였다. 평소에는 내색을 안 했지만 재수한 동기들끼리 모여 술자리를 하면 이런 상황에 대해 기분 나빠했다. 1년 더 공부한 것도 힘들고 억울한데 어린 동생들이 "야 임마~" 하면서 대하니 그럴 수도 있었을 것 같다. 다음해 고등학교 동창 중 재수한 친구가 서울대에 들어왔다. 동문회에서 그 친구한테 별 생각 없이 "너 재수 생활 힘든 거 다 이해한다."라고 했다가 대판 싸움이 날 뻔했다. "네가 재수 생활 해봤어?" 하면서 불같이 화를 내고 주먹을 휘두르던 그 친구의 모습은 아직도 잊혀지지 않는다.

그로부터 한참 후 한의대에 들어온 나는 재수생이 아니라 장수생이었다. 나이로 치면 고등학교를 갓 졸업한 동기들한테 삼촌뻘이었다. 어린 동기들을 보자 재수나 삼수하고 입학한 서울대 과동기들의 기분을 어렴풋이 알 것 같았다. 10년 이상 어린 과동기들을 보고 있으면 나만 인생을 허비한 것 같은 기분이 들었다. 이 친구들이 내 나이가 되면 지금의 나보다 훨씬 많은 경험을 쌓을 수 있을 거라는 사실이 부러웠다. 흘려 보낸 시간에 대한 후회와 나보다 앞서가는 어린 과동기들에 대한 시샘이 교차했다.

'고3이 재수생에 비해 불리하다'

입시카페에 보면 종종 그런 글들이 올라온다. 사실 고3은 시험공부 말고도 할 게 많다. 수능준비뿐만 아니라 내신도 신경 써야 하고 수행도 해야 하고 동아리 활동에 봉사활동까지 해야 한다. 정시와 수시 모두 대비를 해야 하기 때문에 재수생에 비해 불리하다는 게 틀린 말은 아니다. 내가 이것저것 준비하는 동안 재수생들은 열심히 수능공부만 하고 있다고 생각하면 마음이 급해지고 불공평하다는 생각이 들 것 같다. 작년에는 코로나19의 여파로 학교 수업도 제대로 못 듣고 입시일정도 변경되는 바람에 고3 수험생들의 불안감은 더욱 고조되었다. 고3과 재수생 선발을 분리해달라는 국민청원까지 올라왔다고 하니 얼마나 걱정이 되면 그럴까 싶다.

실제로 역대 수능에서 고3과 재수생의 수능 상위권 성적을 비교해보면 재수생이 약간 더 우세하다. 아무래도 대학에 가려는 의지가 있는 사람들이 재수를 하는 거고 수능시험을 한 번이라도 더 봤으니 그럴 가능성이 높다. 하지만 일반적인 확률이 그렇다는 것이지 내가 재수한다고 반드시 성적이 오른다는 뜻은 아니다. 재수를 해서 원하는 대학에 간다는 보장이 있다면 모르겠지만 1년이란 긴 시간을 투자했는데 결과가 비슷하다면 소중한 1년을 버린 셈이 된다.

사실 재수를 한다고 해서 대입에 그리 유리한 것만은 아니다. 대부분의 수험생들은 수능이 끝나고 나서 공부를 바로 시작하지 않는다. 대입원서를 내고 추가 합격자 발표를 보다 보면 금방 2월이다. 불합격을 예상했더라도 막상 불합격 통지를 받고 나면 여러 생각과 감정으로 공부를 바로 시작하기 어렵다. 그래서 마음을 추스르고 공부를 시작하는 게 보통 3월이다. 고3과 별 차이가 안 난다.

재수생들은 수능준비를 한 번 해봤다는 생각에, 자신이 공부를 시작하면 금방 잘 할거라는 근거 없는 망상에 빠지기 쉽다. 그런 생각을 가지고 있으면 정신력이 해이해진다. 한 번 봤던 내용은 안다는 착각 때문에 오히려 눈에 잘 안 들어온다.

또한 공부할 시간이 많다고 여유를 부린다. 학교에 왔다 갔다 하는데 시간을 뺏기지 않고, 수능과목이 아닌 학교수업을 듣지도 않아도 되고, 수행이나 다른 활동을 하는데 시간을 덜 뺏기니 왠지 시간이 많은 것처럼 느껴진다. 그러면 또 마음이 느슨해진다. 미리 공부할 거 다 해놓고 쉬면 좋은데 미리 쉬고 공부는 나중에 하게 된다. 그러다 6월 모의고사 성적이 나오면 발등에 불이 떨어진다. 마음은 고3보다 더 조급해진다. 제대로 공부해서 원하는 곳에 가겠다고 부모님께 큰소리쳤는데 또 안 되면 부모님을 뵐 면목이 없다. 여기에 삼수까지 하게 되면 주위의 시선도 달라질 수밖에 없다.

마지막으로 재수를 하면서 불리한 점은 고3에 비해 친구가 별로 없다는 것이다. 혼자 공부하는 사람들은 공부의 지루함과 답답함을 극복하지 못해 심리적 슬럼프에 빠지는 경우가 많다. 마라톤에서 페이스를 유지하려면 함께 하는 동료가 필요하다. 함께 뛰면 힘든 것도 덜하고 기록도 좋아진다. 공부도 마찬가지다. 같이 공부하고 힘든 마음을 나눌 수 있는 친구가 있으면 공부를 완주할 수 있는 큰 힘이 된다.

내가 늦은 나이에 수능 준비를 할 때 함께 공부할 친구가 없어 정말 힘들었다. 말을 하고 싶은데 말할 상대가 없다 보니 혼자 중얼거리기도 했다. 어떤 때는 자판기 커피 한 잔 뽑아놓고 벤치에 앉아서 멍하니 주위만 둘러보다 자리로 돌아오곤 했다. 끼리끼리 모여 웃고 떠들다 공부하러 들어가는 사람들이 그때는 너무 부러웠다. 힘든 시기를 잘 이겨내고 꿈에 그리던 한의사가 된 지금, 그때의 추억이 아련하게 떠오른다.

과외를 하면서 재수하는 친구들도 많이 가르쳐봤다. 결론부터 이야기하면 재수생과 고3은 합격률에서 별 차이가 없었다. 남들 신경 안 쓰고 열심히 공부하는 아이들이 원하는 결과를 얻었다. 재수생이 유리하냐, 재학생이 유리하냐는 하나도 중요하지 않다. 불리하다 생각할 시간에 한 글자라도 더 외우는 게 훨씬 유리하다.

고3 시기에 모든 걸 쏟아붓고 최대한 성적을 끌어올려야 한다. 지금 90프로까지 끌어올려 놓으면 혹시 이번에 잘 안 되더라도 재수하면서 10프로만 올리면 된다. 그런데 재수할 생각으로 공부하면 마음이 해이해져서 80프로도 못 만든다. 내년에 20프로 남은 친구가 10프로 남은 친구를 따라잡기 위해서는 두 배 이상 노력해야 한다.

1년은 12개월이고 365일이고 8760시간이다. 재수를 하면 8760시간 동안 똑같은 공부를 또 해야 한다. 생각만 해도 끔찍하다. 그냥 한 번에 끝내는 게 낫다. 질질 끈다고 결과가 좋아지지 않는다.

온몸을 불사르고 갈아 넣어야 성적이 올라간다. 배수의 진을 치고 죽을 각오로 덤벼들어야 마지막 날에 인생점수가 나온다. 단, 온전히 공부에 모든 걸 다 쏟아 붓기 위해서는 아이들에게 다른 문제가 없어야 한다. 우리 아이에게 수험생직업병이 있거나 체력이 약하거나 집중력이 떨어진다면 반드시 치료해줘야 한다. 건강과 체력이 뒷받침되고 마지막까지 집중력이 흐트러지지 않는다면 한 방에 역전할 수 있다.

똑같은 공부를 1년 더 하는 건 고문이다. 재수, 삼수 할 생각 말고 부디 한 번에 끝내라.

1등급UP 공부팁

- 지금 우리 아이들은 직장인보다 혹독한 환경에 살고 있다.
- 시험공부는 매일 똑 같은 내용을 봐야 하는 지루함과의 싸움이고, 과연 원하는 결과를 낼 수 있을까 하는 불안감과의 싸움이다.
- 우리 아이들도 입시라는 마라톤을 뛰고 있다. 스타트는 별로 중요하지 않다. 아프지 않고 끝까지 완주하는 것이 가장 중요하다.
- SKY에 가기 위해서는 절대적인 공부시간이 반드시 필요하다.
- 아이의 공부 집중 시간을 늘리는 것이 대입성공의 핵심포인트라 할 수 있다.
- 같이 공부하고 힘든 마음을 나눌 수 있는 친구가 있는 건 공부를 완주할 수 있는 큰 힘이 된다.
- 재수를 하면 8760시간을 똑 같은 공부를 또 해야 하는데 생각만 해도 끔찍하다. 그냥 한 번에 끝내는 게 낫다. 질질 끈다고 결과가 좋아지지 않는다.
- 온몸을 불사르고 갈아넣어야 성적이 올라간다. 배수의 진을 치고 죽을 각오로 덤벼들어야 마지막 날 인생점수가 나온다.

1등급UP 건강팁

- 정신력도 건강한 신체에서 나온다.
- 어쩔 수 없이 공부해야 한다면 힘이라도 덜 들도록 해주는 것이 부모님의 몫이다.
- 몸은 구조신호를 보낸다. 조만간 고장 날 수 있으니 빨리 고쳐달라고 말이다.
- 수험생 때 생긴 병을 제대로 치료하지 않으면 성인이 되어서 큰 병으로 발전한다.
- 체력이 뒷받침되지 않는 공부는 바닷가에 모래성을 쌓는 것과 같다.
- 양약을 먹어서 증상이 완화되더라도 시험에 대한 집중력은 떨어질 수밖에 없다.
- 영양제나 비타민은 약이 아니라 건강기능식품으로 허가를 받은 것이다. 치료효과는 없다는 뜻이다. 그래서 '식품'이다.
- 아파도 공부할 수 있다.
  그러나 잘 할 수는 없다.

엄마도 모르고

아이도 모르는

증상이 큰 병 된다

3

우리 아이
건강
체크리스트

우리 아이 건강은 어떨까? 공부하기에 충분히 건강
한 걸까? 아이가 수험생 직업병이 있는데 혹시 숨기고
있는 건 아닐까? 그렇다면 한 번 체크해보자.

(자! 이제 집중하시고 우리 아이한테 해당되는 사항에 체크해보세요.)

☐ 공부를 하다 보면 졸음이 몰려오고 머리가 멍해진다.

☐ 체력이 달려서 오래 앉아 있기 힘들다.

☐ 학업, 시험에 대한 불안으로 스트레스가 심하다.

☐ 피로와 집중력 저하로 공부 효율이 떨어진다.

☐ 지구력과 정신력이 많이 약해졌다.

☐ 책상에 앉으면 잡생각이 떠오른다.

☐ 수시로 화장실에 들락날락한다.

☐ 변비가 자주 생기고 대변을 봐도 시원하지 않다.

☐ 두통이 잦은 편이다.

☐ 자주 어지럽고 기운이 빠진다.

☐ 눈이 금방 피곤하고 뻑뻑해진다.

☐ 알레르기 비염 때문에 공부하기 힘들다.

☐ 마음이 괜히 답답하고 모든 일에 흥미가 없다.

☐ 짜증이 잘나고 쉽게 우울해진다.

☐ 목과 어깨가 자주 뭉치고 아프다.

☐ 허리가 아파서 책상에 오래 앉아있지 못한다.

☐ 생리 주기가 일주일 이상 불규칙해졌다.

☐ 생리통으로 약을 2일 이상 먹는다.

☐ 입맛이 없고 소화가 잘 안 된다.

☐ 먹으면 체하고 속이 메스껍다.

☐ 배가 자주 아프다.

☐ 식후에 졸음이 심하게 온다.

☐ 꿈을 많이 꾸고 깊은 잠을 자지 못한다.

☐ 아침에 일어나기가 힘들다.

☐ 잘 놀라고 심장이 자주 두근거린다.

병원이나 인터넷에서 설문지를 작성하게 되면 마지막에 보통 이렇게 써 있다. 25개 중 5개 이하면 괜찮고, 10개 이하면 스스로 관리하시고, 15개 이하면 전문가의 도움이 필요할 수 있고, 15개 이상이면 병원을 방문하시라고 말이다.

그런데 한 번 생각해보자. 이 중에서 불편한 증상이 4~5개만 있으면 우리 아이가 공부하는데 전혀 지장이 없을까? 사실은 위 증상 중 1~2개만 있어도 공부에 집중하기 힘든 건 누구나 예상할 수 있다. 가끔 그런다거나 그럭저럭 견딜만하다고 해서 괜찮은 건 아니기 때문이다. 그리고 체크된 개수도 중요하지만 각 항목들이 생기는 이유를 정확하게 확인하는 것이 중요하다.

위의 항목 중 목과 어깨가 자주 뭉치고 아픈 경우를 살펴보자. 오랜 시간 책상에서 책을 보는 수험생들에게 자주 나타나는 증상이다. 공부를 오래 하다 보면 누구나 목이 뻣뻣하고 어깨가 뭉치는 느낌을 받을 수 있다. 그럴 때 목을 돌려주거나 어깨를 두드리고 기지개를 켜면서 뭉친 근육을 풀어주곤 한다. 그래도 잘 안 풀리는 경우에는 뜨거운 물로 샤워를 하고 한잠 푹 자고 나면 대부분 좋아진다.

그런데 그렇게 해도 늘 목이 뻣뻣하고 어깨가 뭉치

는 아이들이 있다. 이런 증상은 남녀를 가리지 않고 나타나지만 특히 여자 아이들의 경우 목과 어깨가 뭉치면서 생리 문제가 함께 나타나는 경우가 많다. 진료하다 보면 아이들뿐만 아니라 이런 증상들을 동시에 가지고 있는 성인 여성분들도 꽤 많다. 단순히 목과 어깨만 뭉치고 아픈 게 아니라 평소 생리통이 심하면서 생리가 불규칙하거나 생리전증후군이 심한 사람들이 많다는 말이다.

여기서 각각의 증상에만 초점을 맞추면 어깨 뭉침과 생리통이 별개의 문제로 여겨지기 쉽다. 목과 어깨가 아프면 정형외과에 가서 물리치료를 받고, 생리통이 심하거나 생리 주기가 불규칙하면 산부인과에 가서 소염진통제나 호르몬제를 먹는 것으로 문제가 해결된다고 생각한다.

그런데 이런 치료로 해결이 안 되는 경우가 허다하다. 물리치료를 받고 호르몬제를 먹어도 어깨는 계속 뭉치고 생리가 다가올 때마다 아플까 봐 걱정이 된다. 언뜻 보면 다른 두 증상의 원인이 하나라면? 그래서 한 번에 같이 좋아질 수 있고 아이가 편안해질 수 있다면 어떨까?

실제로 이런 아이들은 치료하면서 두 개의 증상이 같이 좋아지는 경우가 너무나 많다. 왜 그런 걸까?

그 이유는 이렇다. 우선 생리가 안 좋다는 건 자궁기능이 원활하지 못하다는 걸 의미한다. 자궁은 자궁으로 깨끗한 혈액이 공급될 때 비로소 정상적인 기능을 하게 된다. 그런데 자궁 주위에 탁한 혈액이 뭉치는 등 자궁에 정상적인 혈액공급이 안 될 때 생리에 문제가 생기기 시작한다.

한의학에서는 이러한 탁한 혈액을 '어혈'이라고 부르는데, 어혈은 주로 여성의 하복부에 많이 생기는 경향이 있다. 왜냐하면 여성은 남자와 달리 한 달에 한 번씩 월경을 하기 때문이다. 월경을 할 때 많은 양의 출혈이 있는데 이 기간에 혈액이 깨끗하게 배출이 안 되면 고여서 어혈이 되기 시작한다.

이런 어혈이 점점 아랫배에 쌓이게 되면 혈관을 타고 몸의 여기저기로 흘러가서 자궁뿐만 아니라 전신의 혈액순환을 방해하기 시작한다. 다리로 가는 혈액순환을 방해하면 다리가 붓거나 발이 시리고, 자다가 쥐가 나거나 저리게 된다. 대장으로 혈액공급이 잘 안 되면 대장운동이 안 되면서 변비가 잘 생긴다. 어깨 근육으로 혈액순환이 안 되면 긴장되고 뭉친 목과 어깨가 풀리지 않는다. 목과 어깨가 계속 뭉쳐있으면 머리로 가는 혈액순환에도 문제가 생겨서 자주 어지럽거나 머리가 아파진다.

이런 경우 어혈을 해결해주는 것이 치료의 키포인트가 된다. 아랫배에 쌓여있는 어혈을 배출해주고, 어혈이 빠져나간 자리에 깨끗한 혈액을 보충해주어야 한다. 그렇게 하면 혈액순환이 원활해지면서 생리문제가 해결됨과 동시에 목과 어깨가 부드러워진다. 대변도 시원하게 나오고 다리의 붓기가 빠진다.

그렇다면 어떻게 어혈을 배출하고 깨끗한 혈액을 보충할까? 연약한 아이들의 혈관에 링거를 꽂아서 피를 넣었다 뺐다 할 수도 없는데 말이다.

사실 우리 몸 안에는 나쁜 피를 깨끗한 피로 정화해주는 장기가 이미 존재한다. 그래서 굳이 따로 피를 넣고 빼고 할 필요가 없다. 이 장기가 제 기능을 다하면 나쁜 어혈을 정화시켜 깨끗한 혈액을 만든다. 이 장기의 이름은 바로 '간'이다. 간이 해독작용을 통해 피를 깨끗하게 해주는 것이다. 그런데 간에 피로가 쌓이면 해독능력이 떨어진다. 그런 상태가 지속되면 어혈이 쌓이고 그로 인해 혈액순환이 안 되는 악순환이 벌어지게 되는 것이다.

그렇다. 혈액순환이 안 되어서 나타나는 대부분의 증상은 간의 피로를 풀어줌으로써 다 함께 좋아지게 된다. 증상만 쫓아다니면 두더지 잡기 게임처럼 자꾸 재발하는 증상들과 끝도 없는 싸움을 하게 된다. 그동안 아이는 힘들어하고 공부속도는 점점 느려진다. 증상이 하나라도 있다면 한의원에서 검사를 받아보자. 중요한 시점에 여러 증상이 쏟아진다면 곤란한 일이다.

우리 아이한테 이런 증상들이 왜 나타나는지를 알면 서로 연관이 없어 보이는 질환들도 한꺼번에 고치는 것이 가능하다. 수학문제를 풀 때 기본개념을 알면 다양한 응용문제를 풀 수 있는 것처럼, 우리 몸이 작동하는 원리를 알면 다양한 질환에 대해 효과적으로 대처할 수 있다.

공부를
방해하는 복병,
비염

엣취! 엣취! 엣취!

또 시작이다. 늦여름부터 초가을 사이에 재채기가
시작되는데 한치의 오차도 없다. 은서는 어릴 적부터
비염에 시달렸다. 매년 찾아오는 불청객이라 올해도
예상은 하고 있었지만 막상 증상이 나타나기 시작하
면 슬슬 짜증이 난다. 아침에 일어나 이불 밖으로 나
가자마자 재채기가 나오기 시작하는데 진정이 안 되
는 날엔 하루 종일 재채기하느라 정신을 못 차린다. 재
채기에 이어 콧물이 줄줄 흘러내린다. 풀어도 계속 나

와서 코를 닦느라 휴지 한 통을 다 쓰는 날에는 도대체 이 많은 콧물이 어디서 나오는 걸까 궁금하기까지 하다. 비염이 작년에 덜해서 올해도 가볍게 지나가길 기대했는데 웬걸, 공부하느라 피곤해서 그런지 더 심해진 것 같다. 없던 증상도 나타났다. 작년에는 입천장만 가려웠는데 올해는 눈까지 가렵다. 나도 모르게 가려워서 비비다 보니 눈도 충혈되고 눈가에 염증까지 생겨 너무 괴롭다.

🕊 치료케이스 하루종일 재채기하다 지친 은서

은서는 올해 고3에 올라갔는데 수능을 3달 앞두고 알레르기 비염이 심해져서 찾아왔다. 여름이 지나고 가을이 되면 한의원에도 비염 환자들이 부쩍 늘어난다. 수능이 코앞인데 비염이 터지면 아이나 부모는 참 난감하다. 아침부터 문제를 풀어야 하는데 아침부터 코를 푸느라 정신이 없다. 진료를 하는 중간에도 재채기하고 코를 푸느라 정신을 못 차리는 아이들도 있다. 이런 상태에서도 공부를 해내는 아이들이 안쓰럽기도 하고 대견하기도 하다.

이비인후과에 가면 대부분 증상만 보고 알레르기 비염으로 진단한다. 알레르기 비염은 연속적으로 재채기가 나오고 콧물이 줄줄 흐르면서 코가 막히는 증상이 특징적인데 이런 증상이 있으면 체질과 상관없이 똑같이 진단하고 똑같은 약을 쓴다. 환절기에만 증상이 가볍게 나타나는 경우 약국이나 병원에서 주는 비염 약만 먹고 넘어가는 경우가 흔하다. 우리가 먹는 비염 약의 주성분은 항히스타민이다. 항히스타민은 체내에서 알레르기 반응을 일으키는 히스타민이라는 물질을 차단함으로써 비염 증상을 완화하는 효과가 있는데 문제는 졸린다는 것이다. 그 부작용 때문에 약 표지에 이렇게 써있다. '운전할 때는 절대 먹지 마세요'. 졸음운전도 문제지만 우리 아이들한테는 졸음공부가 더 문제 아닐까.

환절기에 알레르기 비염으로 고생하는 아이들은 비염뿐만 아니라 추위를 잘 타고 소화기능도 약한 체질인 경우가 많다. 체형도 날씬하고 체력이 약한 특징을 보인다. 그렇다면 알레르기 비염과 체질은 어떤 연관성이 있을까? 이제부터 하나하나 분석해보자.

우리 몸은 항상 36.5도의 일정한 온도를 유지하려고 한다. 체온이 떨어지면 면역력은 물론 생명에도 지장을 주기 때문이다. 추위를 느끼는 상황이 되면 열을 뺏기지 않기 위해 우리 몸은 여러 가지 반응을 보인다. 몸을 움츠려 열을 발산하는 면적을 줄이고, 땀구멍을 닫아서 피부에 닭살이 돋게 한다. 몸을 떨어서 근육에서 열을 생산하게 하기도 한다. 코에서도 폐로 찬 공기가 들어가는 걸 막기 위해 코 점막을 부풀리고 콧물과 같은 분비물을 콧속에 가득 채워서 통로를 좁힌다. 찬 공기가 들어와 있다면 재채기를 통해 바깥으로 힘껏 내보낸다.

체온이 높은 사람들은 몸에서 열을 잘 만들기 때문에 추위가 그다지 문제가 되지 않는다. 문제는 체온이 낮은 사람들이다. 체온이 낮은 사람들은 바깥 공기에 민감하게 반응하는데, 그 이유는 열을 한 번 뺏기면 몸에서 잘 만들지 못하기 때문이다. 그래서 더운 날씨임에도 살짝 찬 기운이 느껴지면 깜짝 놀라 과민하게 반응하는 것이다. 남들에게는 그다지 추운 날씨가 아닌데도 끝도 없이 콧물을 뽑아내고 지칠 때까지 재채기를 하면서 호들갑을 떤다.

알레르기 비염은 위장과 같은 소화기관과 연관이 깊다. 비염이 심할 때 콧물의 양은 상상을 초월한다. 휴지 한 통은 쉽게 다 쓴다. 그런데 신기하지 않은가? 코에 옹달샘이 있는 것도 아닌데 그 많은 콧물이 어디서 만들어지는지 말이다. 우리 몸에는 경락이라는 것이 있다. 경락은 오장육부와 사지말단을 이어주는 통로다. 신기한 건 위장에서 시작된 경락이 코와 연결되어 있다는 점이다. 이는 위장과 같은 소화기의 문제가 코에 직접적인 영향을 줄 수 있다는 뜻이다.

위장에 문제가 생기면 음식이 들어왔을 때 몸에 필요한 영양분과 필요 없는 찌꺼기를 분리해내지 못한다. 성글어진 체로 밀가루를 체 치게 되면 가루와 덩어리들이 섞여 나오는 것처럼, 성글어진 위장을 통해 영양분과 함께 불필요한 찌꺼기까지 몸 안으로 들어온다. 이런 찌꺼기를 한의학에서 '담음(痰飮)'이라고 하는데, 담음이 위장 경락을 타고 코로 넘어와서 콧물이 된다. 그래서 위장에 문제가 있으면 영양흡수를 못해서 기운이 없고 체력이 달리는 것은 물론이고, 알레르기 비염에서 콧물의 양이 많아지는 요인이 된다.

그래서 추위를 잘 타고 소화기능이 약한 아이들이 환절기에 알레르기 비염으로 고생한다면 단순히 항히스타민제에만 의존하지 말고 체열을 높여주고 위장을 치료해주자. 환절기를 견딜 수 있다면 수능시험이 더 이상 두렵지 않다. 덤으로 몸이 따뜻해지고 체력도 올라가니 무조건 이득이다.

알레르기 비염이 환절기에 잠깐 그러고 만다면, 만성비염은 계절과 상관없이 나타난다. 만성비염은 맑은 콧물보다 콧물 양은 많지 않지만 진득한 콧물로 인해 코가 막히는 증상이 특징적이다. 자다가 콧물이 뒤로 넘어가 아침에 가래를 뱉기도 한다. 코가 막히면 뇌로 산소공급이 원활하지 않기 때문에 늘 머리가 무겁고 집중력이 떨어지게 된다. 이렇게 한 달 이상 비염이 지속되면 만성비염으로 진단하게 되는데, 만성비염을 가진 남자아이들 중에 묽은 대변을 자주 보고 여드름이나 피부묘기증 같은 피부 트러블이 잘 생기며, 근육에 담이 잘 결리는 아이들이 많다. 주로 덩치가 크고 배가 사장님처럼 불룩하게 나온 아이들인데, 이비인후과, 피부과, 정형외과를 찾아다니며 증상을 억제하는 약을 먹기도 하지만 부모님께 말 안 하고 꾹 참기도 한다. 이런 체질의 남자아이들은 아픈 걸 잘 참는다. 노는 걸 참으면 좋은데 말이다. 그렇다면 도대체 만성비염은 왜 생기는 걸까? 우리 아이의 대변과 비염이 어떤 연관이 있을까? 지금부터 만성비염에 대해 낱낱이 파헤쳐보자.

우리는 대변을 봐야 살 수 있다. 굶으면 죽는다는 것은 아는데 대변을 못 보면 죽는다는 것은 잘 모른다. 뭘 먹는지는 유심히 보지만 내 몸에서 뭐가 나오는지는 그다지 관심이 없다. 며칠에 한 번 대변을 보는지, 아니면 하루에 대변을 몇 번 보는지, 보는 시간은 얼마나 걸리는지, 대변이 딱딱한지 풀어지는지, 어떤 음식을 먹으면 설사가 나는지 잘 모른다. 내 것도 모르니 아이의 대변상태에 대해서는 더 모를 수밖에 없다.

건강한 대변은 몽키바나나 같이 생겼다. 그 이유는 자는 동안 음식에 들어있는 영양분과 수분을 대장이 충분히 흡수하고 남은 찌꺼기를 하나로 잘 모아 놓았기 때문이다. 아침에 바나나 대변을 시원하게 보고 나면 장이 깨끗하게 비워지고 하루가 상쾌해진다. 그런데 묽은 변을 여러 번 본다는 건 장에서 영양의 흡수도 제대로 안 되고 찌꺼기의 배출도 제대로 안 된다는 뜻이다. 깨끗이 배출이 안 되니 장내에는 숙변이 계속 남아있게 된다.

숙변은 장내 세균의 먹이가 된다. 장내 세균에 의해 숙변이 분해되는데 그 과정에서 가스와 독소가 부산물로 만들어진다. 쉽게 말하면 장내에서 숙변이 썩는 것이다. 음식이 썩을 때 냄새가 심하게 나는 것처럼 숙변이 썩기 시작하면 배에 가스가 차고 냄새가 지독한 방귀가 나온다. 장내 세균에 의해 만들어진 독소는 몸속으로 스며들어 온 몸에 흐르면서 문제를 일으킨다. 피부로 가면 피부트러블을 일으키고, 근육으로 가면 담 결림 증상이 생긴다. 코로 가면 끈적한 콧물이 된다.

이런 아이들은 '대장'이 좋아져야 한다. 대장의 흡수와 배설기능이 정상적이 되면 숙변이 쌓이지 않게 되고 독소가 생기지 않기 때문에 비염, 피부트러블, 담 결림 증상이 신기하게도 동시에 좋아진다.

조선시대 왕세자들의 대변의 이름은?

TV 퀴즈프로에서 많이 나오는 질문이다. 답은 '매화'. 그 당시 궁중의 의사들은 왕세자들의 매화를 살펴 장차 왕이 될 아이들의 건강상태를 파악했다. 그만큼 대변에 건강에 대한 많은 정보가 담겨 있기 때문이다. 우리 아이들도 장차 왕 못지 않게 훌륭한 인물이 될 귀한 사람들 아닌가. 그러니 이제부터 아이들의 매화를 잘 살펴보자. 만성비염이 있다면 거기에 정답이 숨어 있을 수도 있다.

잊을 만하면
찾아오는
불청객, 두통

"머리만 아프면 좋은데 눈이 안 보여 실명이 될까 무서워요."

고3에 올라가는 겨울방학이었다. 지연이는 갑자기 펑펑 울기 시작했다. 그동안 억눌렸던 불안한 마음이 쏟아져 나오는 듯했다.

"괜찮아, 지연아. 편두통으로 실명하는 경우는 없으니 안심하렴."

그동안 말도 못하고 속으로 얼마나 힘들었을까 생각하니 안쓰러웠다.

🕊️ 치료케이스 시야전조 편두통에 걸린 지연이

지연이는 어릴 적부터 간간히 두통이 있었는데 고등학교에 올라오면서부터는 두통이 자주 찾아왔고 통증도 심해졌다. 처음에는 뒷골이 당기다가 시간이 지나면 관자놀이까지 아파왔다. 어느 날부터는 눈까지 아프기 시작했다. 그러면서 눈앞이 이상하게 보이기 시작했다. 겁이 덜컥 났다.

'혹시 이러다 눈이 안 보이는 거 아니야?'

너무 겁이 나서 부모님께 이야기하고 병원검사를 받았다. 병원에서는 각종 검사에 뇌MRI까지 찍었는데 아무 이상이 없다고 했다. 그리고는 편두통이라고, 신경성인 것 같다 하면서 두통약을 주었다. 그런데 두통약을 먹어도 효과가 없었다. 머리도 아프고 눈까지 안 보이니 공부가 중요한 게 아니었다. 병원치료로는 안 될 것 같아 부모님이 검색을 해서 부랴부랴 우리 한의원으로 데리고 왔다.

두통은 살면서 많은 사람들이 겪게 된다. 전 국민의 10명 중 6명은 적어도 1년에 한 번 이상 두통을 겪고 있고 매년 두통 환자의 수가 늘어나고 있다. 하지만 감기처럼 흔한 병이고 대부분 두통약을 먹으면 괜찮기 때문에 두통에 대해 심각하게 여기지 않는 경향이 있다. 하지만 두통약이 안 듣는 경우도 꽤 있다. 약을 먹고 좀 나아진다 하더라도 두통이 잦다면 머리가 언제든 아플 수 있다는 불안감을 가질 수밖에 없다.

내 처지가 수험생이라면 이야기는 또 달라진다. 코앞에 시험을 앞두고는 절대로 아프면 안 되기 때문이다. 수험생은 아플 시간도 없다. 가뜩이나 공부할 시간이 부족한데 아파서 하루를 날리는 날이 반복된다면 치명적일 수밖에 없다. 지연이처럼 시야에 이상 증상까지 나타난다면 1년을 더 고생해야 할지도 모른다.

두통의 종류는 다양하다. 아픈 부위에 따라 측두통, 전두통, 후두통 등으로 나뉘고, 원인에 따라 일차성 두통, 이차성 두통으로 나뉜다. 원인이 없는 일차성 두통은 양상에 따라 편두통, 긴장성 두통, 군발성 두통 등으로 나뉘고, 원인이 있는 이차성 두통은 측두동맥염, 뇌종양, 뇌출혈, 약물 부작용 등에 의해 나타난다. 이외에도 신경을 많이 쓰거나 피로하거나, 너무 춥거나 덥거나 소화가 안 되거나 변비가 생겨도 두통이 나타난다.

그런데 병원에서 치료를 받다 보면 거의 모든 두통에 같은 처방이 내려진다. 90% 이상 진통소염제를 처방한다. 진단명은 다른데 치료약이 동일한 것이 이상하지 않은가? 아픈 부위와 양상에 따라 두통의 이름은 붙여놓았지만 실제 원인은 모르기 때문에 증상만 완화시켜주는 약을 처방하는 것이다. 하지만 원인이 남아있는데 두통이 저절로 사라질까?

두통의 경우 부위나 양상도 중요하지만 더 중요한 건 몸 내부의 건강 상태다. 머리가 아프다는 것은 머리로의 순환에 문제가 있다는 뜻이다. 여기서 순환은 신경순환, 혈액순환, 영양공급, 노폐물배출 등을 의미한다. 예를 들어 목근육이 긴장되어 머리로 올라가는 신경을 누르고 있다면 두통이 발생할 수 있다. 마찬가지로 혈관이 눌려서 혈액의 공급이 원활하지 않다면 두통이 생길 수 있다. 혈관이나 신경은 정상이더라도 영양이 충분히 공급되지 못하거나 노폐물이 제때 빠져나가지 못한다면 두통이 생기게 된다.

그래서 몸 전체를 살펴야 한다. 목근육이 긴장되는 이유가 무엇인지, 영양공급이 안 되는 이유가 무엇인지, 노폐물배출이 안 되는 이유가 무엇인지 파악해서 그 부분을 함께 치료해주어야 한다. 잡초의 뿌리는 그냥 두고 흙 밖으로 올라온 부분만 제거하면 잡초가 계속 올라오는 것처럼 근본적인 원인은 그대로 두고 겉으로 드러난 증상만 없애려고 하면 결코 완치될 수 없다.

지연이의 편두통 원인은 복합적이었다. 목근육이 긴장되어 있었고, 근육이 경직되다 보니 그 사이를 지나는 신경과 혈관이 눌리게 되고 그로 인해 머리로 가는 순환에 문제가 생긴 것이다. 수험생들은 공부하느라 늘 앉아서 책을 보기 때문에 목과 어깨 근육이 긴장될 수밖에 없다. 흔히 '거북목증후군'이라고 불리는 병인데 병원에서는 목뼈가 일자가 된 것이 목이 아픈 원인 이라고 한다. 하지만 실제로는 목뼈가 일자가 된 것이 아니라 목근육이 경직되어 뼈의 정렬이 틀어진 것이 일자목으로 보이는 것이다.

또한 지연이는 심장이 약한 체질이었다. 그래서 심장의 힘도 떨어져 있었다. 수험생은 입시에 대한 중압감과 공부에 대한 스트레스가 어마어마하게 크다. 웬만한 강심장이 아니면 의연하게 버티기 힘들다. 심장이 약한 사람들의 특징이 있는데, 잘 놀라고 겁이 많아서 놀이기구나 공포영화를 무서워한다. 작은 일에도 긴장을 잘하고 가슴이 잘 두근거리고 숨이 깊이 안 쉬어지는 경우가 있다. 꿈을 많이 꾸고 작은 소리에도 잘 깬다. 심장이 약해지면 혈액을 힘차게 펌프질하지 못한다. 그러면 머리끝, 손끝, 발끝까지 혈액이 가지 못해 두통, 손발저림, 수족냉증 등이 생기게 된다.

그래서 지연이는 목근육과 경추를 풀어주는 추나치료와 침치료, 심장을 튼튼하게 하는 한약치료를 받았다. 첫 달부터 편두통의 빈도와 강도가 줄어들었고, 두 번째 달에는 그렇게 무서워했던 눈이 안 보이는 증상이 없어졌다. 두통이 사라지니 지연이는 생기가 났다. 치료받으면서 말도 많아지고 걱정 많던 얼굴에 웃음이 번졌다. 그 이후로 컨디션이 안 좋을 때마다 와서 치료받고 한약으로 관리하곤 했는데, 끝까지 아프지 않고 시험도 잘 봐서 무척이나 좋아했던 기억이 난다.

나도 두통으로 고생을 많이 했다. 중학생 때부터 소

화가 안 되는 날이면 머리가 깨질 듯 아팠다. 타이레놀이 잘 들어서 버텼는데 언제부턴가 타이레놀도 잘 들지 않게 되었다. 사실 한의대를 안 갔더라면 지금까지도 내 두통이 원인이 위장이었음을 몰랐을 것이다. 아마 점점 더 센 진통제를 먹었을 것이고 또 두통이 생길까 두려워하며 살았을 것이다. 환자분들처럼 뇌에 문제가 있으면 어떡하지 하는 생각에 노심초사했을지도 모른다.

진료를 하다 보면 위장이 원인인 두통도 상당히 많다. 위장기능이 약해지면서 음식이 제대로 소화가 안 되고 음식 찌꺼기들이 몸속으로 들어온다. 이 찌꺼기들이 혈관, 신경, 경락을 타고 올라가 머리로 가는 순환을 방해하게 되면 두통이 발생한다. 그런데 대부분 이런 사실을 잘 모른다. 예전의 나처럼. 두통의 원인을 이야기해주면 의아하다는 표정으로 쳐다볼 때도 있다. 하지만 치료를 통해 속이 편해지면서 머리가 맑아지는 경험을 하면 믿기 시작한다. 한 번 제대로 체험을 하고 나면 중간에 두통이 좀 생기더라도 예전같이 걱정할 필요가 없다. 위장이라는 원인을 해결하면 결국 치료가 되는 걸 알기 때문이다.

두통은 흔하다고 가볍게 여기면 절대 안 된다. 특히 수험생의 경우 공부에 엄청난 지장을 주기 때문에 반드시 치료해야 한다. 원인은 내버려두고 두통약으로 그때그때 넘기기만 한다면 어른이 되도 두통은 지속된다. 나이가 들수록 몸은 점점 노화가 되기 때문에 두통은 점점 더 심해지고 만성화된다.

자, 이래도 우리 아이들에게 두통약만 줄 것인가?

밥 먹기가 겁나요!
신경성 소화불량과
과민성대장증후군

우리나라 사람들이 자주 쓰는 외래어 1위가 무엇일까? 바로 '스트레스'다.

주위를 보면 스트레스를 안받는 사람이 없다. 어른들은 일 때문에, 주위사람 때문에, 돈 때문에, 건강 때문에 스트레스를 받는다. 우리 아이들도 성적 때문에, 진로 때문에, 친구관계 때문에 스트레스를 받는다.

"부모가 다 먹여주고 재워주고 자기는 공부만 하면 되는데 뭐가 스트레스에요? 누가 돈을 벌어 오래요,

아님 집안일을 하래요? 도저히 이해가 안 돼요."

간혹 이렇게 말씀하시는 부모님들이 있다. 학창시절에 얼마나 힘들었는지 기억이 가물가물 해서 하시는 말씀일 것이다. 잘 기억을 더듬어 보면 우리도 공부한다고 아침부터 밤 늦게까지 쉴 틈도 없이 학교와 학원, 독서실을 오가지 않았나. 당시 유일한 낙은 쉬는 시간 10분간 친구들과 수다 떠는 것과 일주일에 2번 체육시간에 나가서 뛰어 노는 것이었다.

그런데 요즘 아이들은 우리 때보다 더하다. 수시, 정시, 논술 등 입시제도가 복잡해져서 준비할 것이 훨씬 늘어났다. 중간, 기말 시험뿐만 아니라 교과목 별로 수행평가를 하고 사이사이에 교내활동, 봉사활동, 동아리활동 등에도 참여해야 한다. 문제는 모든 입시를 대비해야 하기 때문에 이 모든 걸 다 잘해야 한다는 점이다. 그렇다 보니 할 게 너무 많아서 평소에도 새벽까지 잠을 못 자는 경우가 허다하다. 상담해보면 아이들이 받는 스트레스는 어른들이 생각하는 것 이상이다. 오죽 스트레스가 심하면 대한민국 청소년 사망원인 1위가 자살일까.

스트레스는 '적응하기 어려운 환경에 처할 때 느끼는 심리적·신체적 긴장 상태'로 정의한다. 스트레스라는 말의 어원은 "팽팽히 조인다"라는 뜻의 'stringer'라는 라틴어라고 한다. 어떤 상황에서 우리가 긴장하고 있다면 무의식 중에 스트레스를 받고 있다는 뜻이다.

스트레스가 꼭 나쁜 것만은 아니다. 적절한 스트레스는 삶에 활력을 불어넣어준다. 무서운 선생님이 있어야 숙제를 잘 해오고, 시험을 봐야 공부를 한다. 마감이 있어야 숙제를 하고, 아파 봐야 건강을 챙긴다. 스트레스가 나를 불편하게 하는 것도 있지만 그로 인해 내가 바람직한 방향으로 변화하게 되는 부분은 좋은 것이다.

하지만 지속적으로 스트레스가 쌓이는 상황에서 스트레스를 적절하게 풀지 못한다면 문제가 될 수 있다. 예를 들어 중요한 중간시험과 기말시험, 모의고사를 연속적으로 봐야 하거나, 수능과 같이 큰 시험을 앞두고 쉬지도 못하고 공부만 해야 할 때 스트레스로 인해 여러 가지 불편한 증상들이 나타나기 쉽다. 이런 증상들 때문에 공부를 못하게 되면 이것이 다시 스트레스로 작용해서 증상은 더 나빠지고 공부도 더 안 되는 악순환에 빠지게 된다.

"선생님, 우리 아이는 시험만 보면 배가 아파요."
"우리 아이는 시험기간이면 밥을 못 먹어요."

진료를 하다 보면 시험을 볼 때마다 힘들어하는 아이들을 만나게 된다. 시험을 앞두고 누구나 받는 스트레스지만 어떤 아이들은 견디질 못한다. 쉬어도 낫질 않는다. 불편한 증상이 자꾸 나타나서 공부에 집중할 수가 없다. 먹으면 체하거나, 배가 아프거나, 화장실에 가야 하는 상황이 빈번히 일어난다. 밥을 먹으면 체하니 영양섭취가 제대로 될 리가 없고, 설사를 여러 번하면 기운이 쏙 빠진다. 공부는 체력싸움인데 부모님들의 걱정이 태산이다.

이런 친구들을 보고 있으면 중고등학교 때 나의 모습이 떠오른다. 나도 시험 볼 때마다 신경성 소화불량과 과민성대장증후군으로 고생했기 때문이다. 평소에는 괜찮다가도 시험기간만 되면 자꾸 체해서 밥도 잘 못 먹고 죽으로 버텼고, 시험날 아침이면 배가 아파서 화장실을 들락거렸다. 얼마나 화장실에 자주 갔으면 별명이 '똥'이었다. 예민한 사춘기 때라 친구들이 놀리는 것이 무척이나 싫었지만 어쩔 수가 없었다. 특히 수학시험을 보는 날은 증상이 더 심해졌다. 수학을 싫어하는 것도 아니고 다른 과목보다 좋아했는데 왜 그러는지 이해할 수가 없었다

🐾 치료케이스 아침마다 배가 아픈 친구 아들

중·고등학교 때 친했던 친구의 아내에게서 오랜만에 전화가 왔다. 아이가 고3인데 아침마다 배가 아프다고 해서 걱정이라고 했다. 아이가 아침을 먹으면 배가 아프고 화장실을 다녀와서도 속이 편하지 않다고 했다. 아침에 뭘 먹이는가 물어봤더니, 아침에 못 일어나는 애를 억지로 깨워서 밥을 먹이는데 입맛이 하나도 없어 해서 우유에 시리얼을 타 먹인다고 했다. 그런데 요즘 우유 때문에 배가 아픈가 싶어 계란스크램블을 먹여보고 사과즙도 먹여봤는데도 복통이 지속된다 했다.

아이와 엄마가 한의원에 왔다. 간만에 본 아이는 표정이 없었다. 뭔가를 물어보면 참 힘겹게 대답했다. 만사가 귀찮은 듯 보였다. 피로가 쌓이면 만사가 귀찮다. 그럴 때 얼굴 근육도 움직이기 힘들어 무표정해지게 된다. 이 아이도 그런 상태였다. 피로가 쌓이면서 잇병도 자주 생겨 밥을 먹을 때마다 괴롭고, 이상하게 여름인

데도 추위를 많이 타게 되었다고 했다. 밤에 공부를 마치고 집에
오면 배는 고픈데 먹고 나면 속이 불편하니 겁이 나서 야식도 못
먹는다고 했다. 엄마는 비타민, 홍삼, 유산균 등 주위에서 괜찮다
고 하는 걸 다 먹였는데 아이는 늘 피곤하고 배도 계속 아팠다.

검사와 진찰을 해보니 몸에 피로가 누적되어 있었고 장기능이
많이 떨어져 있었다. 뇌파 검사상으로도 스트레스가 심하고 뇌기
능이 떨어져 있는 것으로 나왔다. 물어보니 역시나 집중이 잘 안
되고 밤에 꿈도 많이 꾼다고 했다. 스트레스가 많으면 꿈을 많이
꾼다. 너무 생각이 많다 보니 밤에도 뇌가 쉬지 못하고 깨어있는
것이다. 꿈을 많이 꾸면 자고 나서도 개운하지가 않고 일어나는 것
이 힘들다. 이렇게 계속적으로 뇌가 깨어서 활동을 하게 되면 뇌도
결국 지치게 되고 뇌기능도 함께 떨어지게 된다.

몇 년 전 가족모임에서 보았던 씩씩하던 모습은 온데간데 없고
축 늘어진 아이의 모습을 보니 참 안쓰러웠다. 조금만 더 힘내라
고 응원과 격려를 해주고 한약을 처방했다. 장기능을 회복시켜주
고 체력을 보충해주는 처방이었는데 다행히 일주일 정도 지나면
서 복통은 사라졌다. 그래서인지 아이가 아침마다 한약을 찾는다
고 했다. 기운도 좀 나는 것 같고 입맛도 좀 좋아진 것 같다고 엄마
도 좋아했다. 한 달 치료 후 배가 아픈 증상은 사라졌고 이후 한 달
간 재발방지 보약으로 치료를 마무리했다. 아이는 이후 수능까지
별 탈없이 지낼 수 있었고 원하는 결과를 얻을 수 있었다.

스트레스를 받고 피로가 쌓이면 체력과 면역력이

떨어지고 몸의 기능들이 약해지는 것은 많이 알고 있다. 그런데 하필 이 아이는 왜 위와 장에 문제가 생긴 걸까? 그 이유는 크게 두 가지로 나눌 수 있다.

첫째, 피로가 쌓이면 우리 몸에서 가장 약한 부분에 질병이 생긴다. 이 아이는 체질적으로 위와 장이 약하게 타고났는데 고3이 되고 피로가 쌓이면서 약점이었던 위와 장에서 문제가 나타난 것이다.

둘째, 미주신경의 영향이다. 미주신경은 뇌와 내장을 연결해주는 중요한 신경인데 내장에 뇌의 명령을 전달해주는 직접적인 통로라고 보면 된다. 스트레스를 받으면 미주신경이라는 통로를 통해 위와 장으로 불필요한 자극이 계속 전달되어 문제를 일으키게 되는 것이다. 원래는 뇌가 내장의 문제를 신속하게 처리하기 위해 미주신경이 있는 것인데 몸이 약해진 경우에는 반대로 스트레스의 전달 통로가 되기도 한다.

신경성 소화불량이나 과민성대장증후군처럼 긴장하면 배가 아프거나 화장실에 가야 하는 경우, 이처럼 원인이 복합적이기 때문에 치료가 단순하지 않다. 소화제나 지사제로 증상만 치료한다고 해결되지 않고 항불안제 같은 정신과 약을 먹는다고 좋아지지 않는다. 영양제나 홍삼으로 피로만 풀어주는 정도로는 증상이 나아지기 어렵다.

이런 경우 위나 장을 치료하면서 피로를 풀어준다. 마음을 안정시키는 한약재의 적절한 조합과 비율이 중요하다. 요리의 맛이 식재료의 미묘한 비율에 따라 차이가 확 나는 것처럼 한약처방도 한약재의 비율이 그 사람에게 딱 맞아야 효과를 발휘한다. 그렇지 않으면 효과는커녕 부작용이 생길 수도 있다.

또한 재발을 방지하기 위해 전반적인 몸 상태를 파악하고 체질에 맞는 한약으로 꾸준히 관리를 해주어야 한다. 아이는 계속 스트레스를 받고 있는 상태고 공부하면서 피로는 계속해서 쌓이기 때문에 한 번 좋아졌다고 방심하면 안 된다. 시험이 끝날 때까지 체질적으로 약한 부분을 보완해가면서 아프지 않고 공부에만 집중할 수 있게 해주어야 한다. 그래야 마지막에 최고의 결과를 낼 수 있다.

공든 탑이
와르르~
시험불안증후군

"스트뤠~스"

몇 년 전, '런닝맨'이라는 인기 예능프로그램에서 가수 개리가 자주 썼던 말이다. 스트레스 받는 상황에서 이 말을 함으로써 동료들과 시청자들에게 웃음을 안겨주었다. 심각한 상황을 재밌게 넘길 수 있어서인지 아이들 사이에서 한동안 유행했던 기억이 난다.

입시철만 되면 뉴스에서 과중한 스트레스로 인해 극단적인 선택을 하는 어린 친구들을 보면 너무 가슴이 아프다. 입시 스트레스로 인해 얼마나 힘들었으면 그랬을까? 주위에 말도 못하고 혼자 끙끙 앓았을 시간을 생각하면 그놈의 시험이 뭔지, 공부가 뭔지 싶다. 높은 교육열이 우리 나라를 세계적으로 유례없이 빠르게 성장하게 만들어주었지만 그로 인해 나타나는 부작용도 무시할 수 없다.

심리적으로 봤을 때 출구가 없는 막다른 골목에 몰리게 되면 극단적인 생각이 들게 된다. '절대로 ~하면 안 된다', '반드시 ~해야만 한다'와 같은 무의식적인 생각이 출구가 보이지 않게 만든다. 예를 들어 '절대로 대학에 떨어지면 안돼'라든지, '반드시 1등을 해야만 해'라든지, 다른 선택지가 없는 심리 상태가 상황을 악화시킨다. 배수의 진이 동기부여에 도움이 될 수 있지만 오래 지속되면 스트레스가 되고 심리적으로 탈진하게 된다.

심리학에서는 불안증의 원인을 '어린 시절 트라우마나 자라온 환경의 영향으로 부정적인 심리가 생겨서'라고 이야기한다. 현대 신경정신과에서는 뇌신경전달물질의 이상이 원인이라고 이야기한다. 둘 다 어느 정도 일리가 있다. 분명 마음에 어떤 영향을 준 일들이 있었을 것이고, 그것이 뇌에 영향을 주면서 신경전달 물질의 변화를 가져왔을 것이기 때문이다.

그런데 문제는 치료다. 상담을 통해 원인을 찾아내고 생각을 바로잡기에는 많은 시간과 노력이 필요하다. 당장 시험이 코앞인 아이들에게 그만한 시간을 내는 것이 그리 쉽지는 않다. 그렇다고 아이한테 신경정신과 약을 계속 복용시키는 것도 상당히 망설여진다. 집중력이 좋아진다는 소문에 ADHD약이 몰래 처방된다고 하는데, 뇌에 직접적으로 작용하는 이 약을 ADHD가 아닌 어린 아이들에게 쓴다는 건 결코 바람직하지 않다. 실제로 신경정신과 약을 오래 먹은 사람들과 대화를 해보면 대화가 원활하지 않은 걸 알 수 있다. 이 약들이 단순히 특정 감정만 억제하는 것이 아니라 뇌기능을 전체적으로 억제하기 때문이다.

🌾 치료케이스 **시험 때마다 머리가 하얘지는 일석이**

기말고사 시험지를 받아든 일석이는 머리가 하얗게 돼버렸다. 가슴은 미친 듯이 쿵쾅거리고 손발이 차가워지면서 손끝이 파르르 떨려왔다. 문제를 읽고 있는데 무슨 말인지 전혀 알 수가 없었다. 이를 악물고 시험을 보고 나면 온 몸에 힘이 다 빠져나갔다. 일석이가 처음부터 증상이 이렇게 심한 것은 아니었다. 시험을 볼 때 다른 아이들처럼 약간 긴장이 되는 정도였다. 그런데 어느 순간부터 시험을 망칠 것 같은 불안감이 엄습했다. 그리고 이제는 시험공부를 할 때조차 증상이 나타났고 그럴 때마다 죽고 싶다는 생각까지 든다고 했다.

부모님도 이런 상황을 아시고 일석이에게 시험을 못 봐도 괜찮다고 했고, 심리상담 선생님도 너무 잘하려다 보니 그런 것 같다고 조금 편한 마음으로 시험을 보면 어떠냐고 했다. 일석이도 머리로는 충분히 이해가 됐다. 하지만 막상 현실을 맞닥뜨리면 자기도 모르게 불안하고 어찌할 바를 몰랐다. 불안과 힘겹게 싸우면서 시험 문제를 풀다 보니 내가 쓴 답에 대한 확신이 들지 않았다. 그래서 문제를 다시 읽고 다시 푸는 과정을 반복하게 됐고 결국 시험시간이 다 가도록 절반도 풀지 못하는 상황이 되었다.

일석이의 뇌파를 검사 해보니 뇌스트레스가 최고치를 나타내고 있었다. 뇌기능점수도 경계치인 70점 밑으로 많이 떨어져 있었다. 이런 상태라면 공부를 해도 머리에 입력이 안되고 이미 들어있는 지식을 적절하게 활용하지 못할 가능성이 높았다. 자율신경검사에서 교감신경이 극도로 항진되어 있었고 진맥을 했을 때 아주 긴장된 맥이 나왔다. 목이랑 어깨는 항상 뭉쳐있고 아침에 일어나면 개운해야 되는데 이상하게 온몸이 두들겨 맞은 듯 아프다고 했다.

일석이의 자신감 없는 말투와 위축된 모습을 보고 있자니 마음이 아팠다. 얼마나 힘들었을까 짐작이 됐다. 불안을 떨쳐내고 평소 실력을 마음껏 발휘해서 좋은 성적을 얻고 싶었을 것이다. 그래서 선생님께 칭찬도 받고 부모님이 기뻐하는 모습을 보고 싶었을 것이다. 마음은 굴뚝같은데 몸이 마음처럼 안 되니 얼마나 답답했을까. 시간이 갈수록 점점 심해지는 증상을 보면서 많이 무섭고 두려웠을 것이다.

한의학에서 마음이나 감정은 '심장心臟'이 주관한다. 심장의 심心은 한자로 마음을 뜻한다. 그래서 임상에서 불안증이나 우울증과 같은 마음병을 치료할 때 뇌에 직접 작용하는 약을 쓰는 것이 아니라 심장을 다스리는 한약을 쓴다. 그러면 신기하게도 잘 낫는데 이것을 보면 마음은 뇌가 아니라 심장에 있는 게 아닌가 싶다.

'심장이 작으면 근심에 취약하고, 심장이 크면 근심에 강하다.'
'심기가 허한 사람은 무서움을 많이 타고, 눈을 감고 자려고만 하며 멀리 가는 꿈을 꾸고 정신이 산만하다.'
'잘 잊어버리고 가슴이 두근거리고 불안하며, 가슴이 몹시 답답하고 즐겁지 않은 것은 다 심혈이 부족하기 때문이다.'

동의보감에 나오는 심장에 관한 이야기다. 심장이 작으면 문제가 되고, 심장의 기가 약해도 문제가 되고, 혈이 부족해도 문제가 된다. 풀어서 이야기하면 소심하게 타고났거나, 피로나 스트레스로 인해 심장의 기혈이 부족해지면 불안증이 생기고 수면의 질이 떨어지는 등의 문제가 생긴다는 것이다.

일석이는 '소심'한 아이였다. 자세히 문진을 해보니 일석이는 평소 무서움을 많이 타고 꿈도 자주 꾸며 가슴이 답답한 증상들이 있었다. 가슴 가운데를 진찰해보니 손만 대도 너무 아파했다. 양 젖꼭지 가운데에 흉골이라는 뼈가 있다. 그 뼈의 가운데가 '전중膻中'이라는 혈자리인데 심장의 상태를 진찰하는 자리다. 한이 많이 맺힌 어머님들이 가슴을 치는 바로 그곳이다.

심장이 건강하면 전중혈을 누르거나 문지를 때 아무 반응이 없다. 하지만 심장기능에 문제가 있으면 그곳을 눌렀을 때 극심한 통증을 느낀다. 일석이는 시험에 대한 스트레스가 극심했고 그 여파로 심장의 기능이 많이 떨어진 것이었다. 그 결과 감정조절이 안되고 시험불안과 같은 증상이 나타나게 된 것이다.

진료실에서 아이들과 이야기를 나누다 보면, 꼼꼼하고 완벽을 추구하는 아이들이 시험불안증이 많다. 꼼꼼한 성격이라 대체로 공부도 잘하는 편이다. 하지만 이런 완벽을 추구하는 성격이 지나치면 문제가 된다. 자기 생각대로 안 되면 불안해지기 때문이다. 하루 만에 할 수 없는 무리한 공부계획을 세운다든지, 본인의 노력에 비해 지나치게 좋은 성적을 바란다든지 하면 불안할 수밖에 없다.

불안한 감정이 쌓이면 미주신경을 타고 심장을 비롯한 온몸을 자극하기 시작한다. 이런 자극이 지속되면 가뜩이나 작은 심장이 더 약해지면서 몸 여기저기에 관련 증상이 나타나기 시작한다. 심리적으로도 불안한데 몸에 이상증상까지 생기면 불안감은 더 커진다. 심하면 공황장애까지 진행되고 몸과 마음은 한없이 망가져 버린다.

일석이는 치료받고 확실히 편안해 했다. 시험을 볼 때마다 불안한 마음은 있었지만 예전처럼 시험을 못 볼 정도는 아니었다. 한 달 뒤 진찰해보니 아직 가슴 가운데가 많이 아팠다. 급한 불은 껐지만 아직 불씨가 남아있었다. 치료가 더 필요했다. 하지만 일석이는 괜찮을 것 같다고 하면서 치료를 중단했다. 그런 후 몇 달이 지나고 다시 일석이가 찾아왔다. 얼굴이 안 좋아 보였다. 걱정했던 대로 불안증상이 재발했다. 안타깝게도 이런 경우 다시 처음부터 치료를 시작해야 한다. 일석이도 이번에는 지난번 일을 교훈 삼아 끝까지 치료했고, 치료가 끝난 이후로는 증상의 재발 없이 공부에 집중할 수 있었다. 수능시험장에서 떨지 않고 시험을 잘 보았다는 기쁜 소식도 알려왔다.

한 번 불안을 경험한 사람들은 별 것 아닌 일에도 쉽게 불안해지고, 대상이 바뀌면서 불안증이 지속되는 경우가 많다. 불안도 습관이다. 지금은 그 대상이 시험이지만 성인이 되면 다른 대상에 불안증이 나타난다. 예를 들면 발표나 면접, 차 타기, 다른 사람과 대화 같은 일상적인 상황에서 불안증을 겪는 경우인데, 어릴 적 불안증을 치료하지 않고 그 대상으로부터 도망친 경우에 시험불안이 성인불안증으로 되는 경우가 많다. 우리 아이들도 마찬가지다. 아이가 시험이 끝나 일시적으로 불안증상이 안 나타난다 하더라도 적극적으로 치료해서 성인불안증으로 진행하지 않도록 해줘야한다. 초기에 불안증의 뿌리를 뽑지 않고 방치해 성인이 되어 재발하게 된다면 치료는 더 힘들어지고 치료기간은 훨씬 늘어날 수밖에 없다.

시험은 언제나 긴장되고 두렵다. 누구나 불안할 수있다. 하지만 불안이 과도하게 증폭되면 문제가 된다. 그 원인은 약해진 심장이다. 원인만 해결되면 시험불안은 치료된다.

집중력 저하,
체력 저하!
성적 하락은
불 보듯 뻔하다

추석명절 아침이었다. 아침부터 바삐 서둘러야만 했다. 점심 때쯤 본가에 들렀다가 저녁에는 처가에 가야 한다. 집에서 1시간밖에 걸리지 않는 거리지만 아이들을 깨우고 씻기고 이것저것 짐을 챙기다 보면 매년 시간이 촉박하다. 온 식구가 허둥지둥 급하게 차에 올라탔다. 시동을 켜고 출발하려는 순간, 연료 계기판에 경고등이 들어왔다.

'어떡하지?'

고민이 되기 시작했다. '주유소 가서 기름을 넣어야 하나? 기름 넣고 오면 늦을 텐데.' 기름이 간당간당했지만 '이 정도면 갈 수 있을 거야'라고 스스로 주문을 외우며 본가로 출발했다. 하지만 가는 내내 신경이 쓰였다. 운전을 하면서 연료 경고등에 자꾸만 눈길이 갔다. 그렇게 신경 쓰면서 가다 보니 다른 때보다 무척이나 피곤했다. 매번 '다음에 넣어야지' 하면서 주유소 가는 것을 미뤘더니 그 대가를 톡톡히 치르게 됐다. 전기차도 나오고 자율주행차도 나온다는데 달리면서 충전되는 차도 나왔으면 좋겠다는 생각을 했다.

명절이면 TV나 인터넷 뉴스에 장거리 운전을 하기 전에 주의해야 할 사항에 대해 나온다. 기름을 충분히 채우는 것은 물론이고 출발 전에 점검해야 할 사항에 대해서도 이것저것 알려준다. 평소에는 신경 쓰지 못했던 엔진오일, 타이어 공기압, 워셔액, 브레이크 패드 등 안전 운전을 위해 필수적으로 살펴야 할 것들을 꼼꼼히 알려주기 때문에 장거리 운전을 할 때 무척 도움이 된다. 실제로 정비소에서 점검도 받고 주유소에서 기름도 가득 채우고 세차까지 깨끗이 하고 나면 든든하고 안심이 된다. 여기서 궁금증이 생긴다.

장거리 운전을 하기 전에 자동차를 점검하는 건 당연하게 여기면서 왜 수능공부를 시작하기 전에 아이의 몸을 점검하는 건 당연하게 여기지 않을까?

자동차에 기름은 가득 채우면서 왜 아이의 체력은 충분히 보충해주지 않을까? 자동차의 워셔액이나 엔진오일이 떨어지는 것은 잘 살피면서, 아이가 언제 집중력이 떨어지는지는 왜 살피지 않을까?

대입은 최소 3년은 준비해야 하고, 각종고시나 편입 시험도 준비하려면 최소 2년은 잡아야 한다. 빠른 게 그 정도고 상황에 따라 보통 1~2년 더 소요되기도 한다. 하루 이틀 다녀오는 장거리 운전도 이것저것 살피고 만반의 준비를 다하는데, 몇 년 동안 기나긴 공부 여행을 떠나는 아이들을 위해서는 더 꼼꼼히 점검하고 준비해야 함이 마땅하다.

공부 여행을 떠나기에 앞서 우리 아이의 몸에 잠복된 질병은 없는지, 체질적인 약점은 무엇인지 꼭 점검해보자. 평소 비염이 있거나, 시험 때 과민성대장증후군으로 고생하거나, 신경성 소화불량이나 두통 등의 질병이 있다면 반드시 고치고 출발해야 한다. 무턱대고 출발하면 도중에 질병으로 인해 가다 서다를 반복하게 될지도 모른다. 또한 중간에 연료가 떨어지지 않는지 계기판도 잘 살펴야 한다. 레이스 도중에 집중력과 체력이 떨어지는 걸 모르고 계속 가다가 퍼질 경우, 옆집 아이가 추월하는 걸 지켜보며 눈물을 흘리게 될지도 모른다.

🦩 치료케이스 집중력이 확연히 떨어진 승환이

한 달 전부터 승환이의 집중력이 확연히 떨어졌다. 시험을 보는데 국어 지문이 머릿속에 들어오지 않았다. 예전에는 지문을 읽으면서 지문의 내용이 파악되고 글의 순서까지 정리가 되어 문제 풀기가 수월했는데 지금은 무슨 내용을 읽고 있는지 모를 때가 많았다. 조금이라도 어려운 지문이 나오면 그마저도 잘 되지 않았다. 상황이 이렇다 보니 성적도 조금씩 떨어졌다. 부모님과 함께 한의원에 온 승환이가 이야기했다.

"공부한다고 앉아있지만 집중이 안 돼서 멍 때리고 있을 때가 더 많아요. 자꾸 피곤하고 잠만 자고 싶어요. 정신력이 부족해서 그런 건가요?"

뇌파 검사를 해보니 승환이는 뇌기능이 많이 떨어져 있었다. 집중도도 매우 낮았다. 공부에 집중을 하려면 뇌세포가 활발하게 활동을 해야 한다. 그러려면 뇌세포로 충분한 연료가 공급되어야 한다. 어떤 이유로 승환이의 뇌에 연료공급이 부족해졌는지 원인을 찾아봐야 했다.

진맥을 해보니 맥이 밑으로 많이 가라앉아 있었고 박동에 힘이 하나도 없었다. 이런 맥은 과로에 지친 성인들한테 나오는 맥인데 주로 체내에 만성적인 피로가 쌓였을 때 나타난다. 이런 맥이 아이한테 나오면 큰일이다. 허리를 촉진해보니 신장 주위가 메추리 알 크기로 단단하게 뭉쳐있었고 살살 눌렀는데도 자지러지게 아파했다.

신장은 한의학에서 집중력 및 체력과 연관이 깊다. 신장은 정精이라는 물질을 생산하는데 정精은 인체를 구성하는 기본요소이자 에너지원이다. 정精은 머리로 가면 뇌세포가 활동하는데 필요한 에너지원으로 작용하고, 몸에서는 체력이나 지구력을 유지시켜주는 역할을 한다. 차에 비유하자면 잘 정제된 고급휘발유라고 보면 된다. 체내에 정精이 부족해지면 뇌기능이 약해지고 체력이 떨어진다. 뇌기능이 약해지면 집중이 안 되고 머리가 멍한 느낌이 든다. 돌아서면 잊어버리고 자고 나도 머리가 맑아지지 않는다. 체력이 떨어지면 금방 피곤을 느끼고 아침에 잘 일어나지 못한다. 면역력이 약해져 여러 가지 병들이 생긴다.

검사와 진찰을 통해 승환이가 집중력이 떨어지는 원인을 찾아냈다. 신장기능이 약해지면서 뇌와 신체의 기본 연료인 정精이 잘 만들어지지 않았고, 그 결과 집중력과 체력이 함께 떨어진 것이다. 신장기능을 회복시켜주는 한약과 뇌순환을 도와주는 공진단을 승환이에게 처방했다. 신장기능이 회복되면 정精이 가득 채워지고, 머리로 기혈순환이 잘 되면 정精이 뇌로 신속히 공급된다. 일주일 뒤부터 승환이는 피로감이 덜해졌고, 다시 일주일이 지나자 머리가 맑아지기 시작했다. 매달 검사할 때마다 뇌기능점수가 올라갔고 신장주위에 멍울처럼 뭉친 것이 점점 줄어들기 시작했다. 3개월 정도 지나니 체력도 좋아지고 집중력도 많이 좋아져서 승환이와 어머님께 앞으로 생활관리를 어떻게 할지 안내해 드리고 치료를 마쳤다. 3개월 뒤 팔로우업을 해보니 승환이의 체력과 집중력이 잘 유지되고 있었고 처음보다 한결 편하게 공부하고 있었다.

아이의 성적이 떨어질 때 아이가 게을러서, 또는 정신력이 약해서 그런다고 생각하는 경우가 많다. 하지만 실제로는 뇌기능이 떨어져서 문제가 되는 경우가 더 많다. 정신적인 이유보다 신체적인 이유가 더 크다는 뜻이다. 승환이처럼 체질적으로 신장 기능이 약한 아이들은 정精이 고갈되면 체력과 뇌기능이 같이 떨어지는 경우가 많다. 위장이 약한 아이들이 스트레스를 받거나 피로가 누적되면 배가 아프거나 두통이 잘 생기는 것처럼, 신장이 약한 아이들은 체력과 집중력에 빨간 불이 들어온다. 이런 상태가 되면 아무리 타고난 머리가 있더라도 좋은 성적을 거두는 것은 불가능하다.

이제는 자동차의 연료뿐만 아니라 우리 아이의 연료게이지를 정기적으로 살펴야 한다. 어려서 안 아팠다고 방심하면 안 되고, 타고난 머리가 좋다고 마음을 놓아서도 안 된다. 차량을 정기점검하듯이 아이의 뇌기능과 체력 상태를 점검해야 한다. 정기적으로 아이의 건강을 체크하고 관리를 해줘야 아이도 안심하고 공부할 수 있다.

자, 이제 마지막으로 다시 질문을 하겠다.

우리 아이의 성적이 떨어지는 이유는 나태함과 정신력 때문일까?

아니다. 정답은 뇌기능이 떨어졌기 때문이다. 그리고 우리가 점검을 소홀히 했기 때문이다.

152

1등급UP 공부팁

- 수험생은 입시에 대한 중압감과 공부에 대한 스트레스가 어마어마하게 크다. 웬만한 강심장이 아니면 의연하게 버티기 힘들다.
- '절대로 ~하면 안 된다', '반드시 ~해야만 한다'와 같은 무의식적인 생각이 심리적 출구가 보이지 않게 만든다.
- 배수의 진이 동기부여에 도움이 될 수 있지만 그 역시도 오래 지속되면 스트레스가 되고 심리적인 탈진으로 이어진다.
- 꼼꼼하고 완벽을 추구하는 아이들에게 시험불안증이 많다.
- 하루 이틀 다녀오는 장거리 운전도 이것저것 살피고 만반의 준비를 다하는데, 몇 년 동안 기나긴 공부여행을 떠나는 아이들은 더 꼼꼼히 점검하고 준비해야 함이 마땅하다.

1등급UP 건강팁

- 가끔 아프다거나 그럭저럭 견딜 만하다고 해서 괜찮은 건 아니다.
- 여자아이들의 경우 목과 어깨가 뭉치면서 생리에도 문제가 나타나는 경우가 많다.
- 아랫배에 쌓여 있는 어혈을 배출해주고, 어혈이 빠져나간 자리에 깨끗한 혈액을 보충해 주어야 한다. 그러면 혈액순환이 원활해지면서 생리문제가 해결됨과 동시에 목과 어깨가 부드러워진다. 대변도 시원하게 나오고 다리 붓기가 빠지면서 각선미가 살아난다.
- 간에 피로가 쌓이다 보면 해독능력이 떨어진다. 그런 상태가 지속되면 어혈이 쌓이고 그로 인해 혈액순환이 안 되는 악순환이 벌어지게 된다.
- 우리 아이한테 이런 증상들이 왜 나타나는지를 알게 되면 서로 연관이 없어 보이는 질환들도 한꺼번에 고치는 것이 가능하다.
- 알레르기 비염은 위장과 같은 소화기관과 연관이 깊다.
- 환절기를 견딜 수 있다면 수능시험이 더 이상 두렵지 않다.

- 대장의 흡수와 배설기능이 정상적이 되면 숙변이 쌓이지 않게 되고 독소가 생기지 않기 때문에 비염, 피부트러블, 담결림 증상이 신기하게도 동시에 좋아진다.
- 두통의 경우 부위나 양상도 중요하지만 더 중요한 건 몸 내부의 건강상태다. 머리가 아프다는 건 머리로의 순환에 문제가 있다는 뜻이다.
- 속이 편해지면서 머리가 맑아지는 경험을 하면 믿기 시작한다.
- 수험생은 아플 시간도 없다. 가뜩이나 공부할 시간이 부족한데 아파서 하루를 날리는 날이 반복된다면 치명적일 수밖에 없다.
- 피로가 쌓이면 우리 몸에서 가장 약한 부분에 질병이 생긴다.
- 요리의 맛이 식재료의 미묘한 비율에 따라 차이가 확 나는 것처럼, 한약 처방도 한약재의 비율이 그 사람에게 딱 맞아야 효과를 발휘한다.
- 수험생은 계속 스트레스를 받고 있는 상태고 공부하면서 피로는 계속해서 쌓인다. 따라서 일시적으로 좋아졌다고 방심하면 안 된다.
- 불안증이나 우울증과 같은 마음병을 치료할 때 뇌에 직접 작용하는 약을 쓰는 것이 아니라 심장을 다스리는 한약을 쓴다.
- 심리적으로도 불안한데 몸에 이상증상까지 생기면 불안감은 증폭된다.
- 체내에 정精이 부족해지면 뇌기능이 약해지고 체력이 떨어진다.

잘못된 상식이
우리 아이를
망친다

4

신경성이라고요?
'신경성질환',
'~증후군'의 정체

초등학교 6학년 국어시간이었다. 선생님이 아이들에게 국어책의 한 단락씩 읽어 보게 시켰다. 앞에서 뒤로 한 명씩 읽고 마지막 사람까지 다 읽으면 다음 분단으로 넘어가서 다시 앞에서부터 뒤로 한 명씩 읽게 했다. 내 앞에 앉은 여자아이 차례가 됐다. 그런데 그 여자아이가 책을 읽으면서 너무 떠는 게 아닌가. 시끄럽던 교실은 이내 조용해졌고, 그 아이는 더 긴장이 되었는지 목소리뿐만 아니라 팔까지 떨면서 손에 든 책을 읽어나갔다. 다음은 내 차례였다. 그런데 나도 마구 떨리기 시작했다. 심장이 쿵쾅거리고 목소리가 떨려 서 있을 수조차 없었다.

　그 이후로 발표울렁증이 시작됐다. 특히 책을 읽는 시간은 고역이었다. 국어, 사회, 영어 등 많은 과목이 수업시간에 책을 읽게 시켰고 과목에 따라 발표를 해야 할 때도 있었다. 그런 상황이 다가오면 쉬는 시간부터 몸이 이상해졌다. 안절부절 못하고 배는 살살 아프고 머리 속은 온통 '떨지 않으려면 어떻게 해야 하지?' 하는 생각으로 꽉 차 있었다. 발표울렁증은 점점 심해져 갔고 중2 때부터는 시험 볼 때마다 배가 아프고 설사를 하는 증상까지 추가되었다. 수업시간뿐만 아니라 시험시간도 걱정되고 피하고 싶은 시간이 된 것이다.

　회사를 그만두고 수능 준비를 할 때는 신경을 조금만 써도 체기와 두통이 심해서 아예 밥을 못 먹을 정도가 되었다. 먹으면 체하고 머리가 아파 공부를 제대로 할 수가 없었다. 그래서 죽만 먹었더니 기운이 없고 잠만 쏟아졌다. 진통제와 소화제를 먹어도 그때뿐이었고, 다시 재발하기를 반복했다. 그럴 때마다 정말 짜증이 나고, 짜증이 가라앉으면 우울해졌다. 그리고 나서는 또 그럴까 봐 불안했다.

"원장님, 저는 시험 때만 되면 배가 살살 아프고 화장실을 가야 해요.", "조금만 신경 쓰거나 긴장하면 체하고 머리가 아파요.", "면접 볼 생각만 하면 너무 불안하고 입맛이 하나도 없어요.", "발표할 때 목소리가 떨리고 숨이 깊이 안 쉬어져서 발표가 너무 무서워요."

이런 아이들이 주위에 참 많다. 나도 그랬고, 지금도 많은 친구들이 이런 증상으로 힘들어한다. 이야기를 들어 보면 증상이 처음 생겼을 때는 '어, 내가 왜 이러지?'하면서 가볍게 생각하다가, 같은 상황에서 증상이 지속적으로 나타나고 심지어 더 심해지는 걸 경험한다. 하지만 대부분 주변에 도움을 요청하거나 치료를 하지 않고 '괜찮겠지' 여기고는 시간을 흘려 보낸다. 정말 못 참을 정도가 되면 병원에 가는데, 병원에 가도 원인은 알 수 없고 '신경성이고 너무 예민해서 그런 거니 마음을 편히 가지라'라고 말하며 돌려보낸다. 어떤 병원은 너무 성급하게 정신병으로 단정해버리고 정신과 약을 처방하는 경우도 있다.

현대사회가 발전하면서 예전에는 없던 신경성 질환이나 각종 증후군들이 우후죽순 생겨나고 있다. 과민성대장증후군을 비롯하여 생리전 증후군, 다낭성 난소 증후군, 하지불안 증후군 등 이름도 생소한 병들이 새롭게 생겨났고, 신경성 위염, 신경성 두통, 신경성 장염, 신경성 소화불량 등 신경성 질환들도 매스컴을 통해서 그 존재가 알려졌다. 현대사회는 빠른 속도로 발전하면서 그에 따라 생활도 편리해지고 환경도 좋아지고 있는데 왜 이런 새로운 병들이 생겨나는 것일까? 참 궁금했다.

신경을 쓰면 왜 소화가 안될까?
생각일 뿐인데 왜 속이 꽉 막혀버리는 걸까?
긴장도 안 하는 것 같은데 왜 시험 때만 되면 배가 살살 아플까?
발표하는데 왜 심장이 벌렁거리고 손이 떨리는 걸까?

한의학을 공부하기 전까지 이런저런 방법을 다 써봤지만 증상은 비슷했고 별다른 진전이 없었다. 해답이 있을 것 같은데 당시에는 의학적 지식이 없으니 알 수가 없었다.

우리 몸은 정교한 시스템으로 이루어져 있다. 각각의

내장기관들이 자신의 역할을 한치의 오차도 없이 해내고 있다. 문제가 생기면 몸과 뇌는 신호를 주고받으며 스스로 가장 빠른 방법을 찾아 고친다. 이러한 정교한 시스템이 가능한 것은 다름아닌 신경계 덕분이다.

매스컴에서 '자율신경'에 대해 들어 보았을 것이다. 자율신경이란 말 그대로 내 의지나 생각과 관계없이 자율적으로 작동하는 신경을 말한다. 특히 생명을 유지하고 조절하는 데 핵심적인 역할을 한다. 이런 신경들의 도움으로 내가 신경 쓰지 않아도 심장이 뛰고 소화도 되고 대변이 나온다. 간에서 해독이 되고 신장에서 독소를 배출시킨다.

자율신경은 2개의 신경으로 나뉜다. 하나는 교감신경이고 다른 하나는 부교감신경이다. 이 두 신경이 서로 균형을 맞춰가며 인체의 다양한 대사기능을 조절한다. 그중에서 우리가 주목해야 할 신경이 있다. 부교감 신경 중 하나인 '미주신경'이다.

뇌에는 12쌍의 뇌신경이 있다. 그 중 10번째에 해당하는 뇌신경을 '미주신경'이라고 부른다. 미주신경은 다른 신경에 비해 길이가 무척 길고 모든 내장기관과 연결된다는 특징이 있다. 머리에서 목, 가슴, 배로 길게 이어지는데 목에서는 인후두와 연결되어 있고, 가슴에서는 식도와 심장과 폐로 연결되고, 배로 들어가서는 위장, 소장, 대장, 간, 신장, 췌장 등과 연결되어 뇌에서 나오는 신호를 내장기관으로 전달하고, 내장기관의 신호를 뇌로 전달해주는 역할을 한다. 즉, 머리와 내장기관을 이어주는 신호전달 통로인 셈이다.

여기서 신경성 질환과 증후군의 원인을 찾을 수 있다. 스트레스를 받거나 부정적인 감정에 사로잡히게 되면 미주신경이 약해지기 시작한다. 미주신경이 약해지면 미주신경을 따라 전달되는 신호에 이상이 생긴다. 뇌와 내장기관 사이에 주고받는 신호에 오류가 생기는 것인데, 신호가 불필요하게 증폭되기도 하고 본래의 신호와는 다른 신호로 바뀌기도 한다. 이처럼 이상 신호가 계속 전달되면 우리 몸에서 가장 약한 곳에 질병이 생긴다.

과민성대장증후군의 예를 들어 보자. 장이 약한 사람은 식사를 하면 바로 화장실을 가거나, 기름지거나 맵고 자극적인 음식을 먹었을 때 배가 아프고 대변이 안 좋아지거나, 우유나 찬 음료를 먹었을 때 설사를 한다. 장이 약하기 때문에 소화가 잘 안 되거나 체질에 맞지 않는 음식을 먹으면 탈이 나는 것이다. 이런 사람이 시험을 보거나 발표 준비를 하면서 긴장하고 불안하게 되면 미주신경이 오작동하면서 장에 문제가 나타나는데, 이것이 바로 과민성대장증후군이다.

다른 신경성 질환이나 증후군들도 마찬가지다. 권투선수가 잽을 계속 맞다가 갑작스럽게 무너지는 것처럼 우리 몸에 자극이 계속 가해지다 보면 제일 약한 내장기관이 어느 순간 KO된다. 기능이 저하되고 질병을 일으킨다. 위장이 약하면 소화력이 떨어지면서 신경성 위염이 생기고, 뇌기능이 약해지면 뇌순환에 문제가 생기면서 신경성 두통이 생긴다. 간기능이 약한 사람은 간이 해독을 못해 혈액이 탁해지고, 심장 기능이 약한 사람은 말초 혈액순환이 안돼서 어지럽거나 손발이 차가워지게 된다. 자궁에 혈액순환이 안 되는 사람은 어혈이 쌓이고 생리전 증후군이나 다낭성 난소 증후군이 생기게 된다.

"신경성이니 평생 그렇게 살아야 해요.", "이 증후군은 치료 방법이 없어요."

병원이나 주위에서 이렇게 말하곤 한다. 환자분들은 이런 말을 들으면 힘이 빠지고 우울해진다.

'왜 내가 이런 병에 걸렸나?'
'내가 무슨 잘못을 했나?'
'왜 부모님은 나를 이렇게 낳았나?'

별의별 생각이 다 들다가도 막상 증상이 나타나면 괴로우니 소염진통제나 정신과약을 복용하면서 근근이 버티는 경우가 많다. 치료방법을 모르니 어쩔 수 없이 포기하고 살아가게 되는데, 계속 아프다 보면 학업이나 직장생활에서 위축되고 자신감이 떨어지게 된다.

하지만 방법이 있다. 신경성 질환이나 증후군은 불치병이 아니다. 아직 많은 의료기관이 치료방법을 모를 뿐이다. 나도 미주신경과 내장기관의 치료를 통해 신경성 질환에서 탈출했고, 많은 아이들이 같은 치료를 통해 건강한 상태로 회복했다. 우리 아이가 신경성 질환이나 증후군으로 인해 공부나 일에 집중을 못한다면 빨리 치료해주어야 한다. 당장 아픈 것도 문제지만 병이 만성이 되면 예기불안[6]이 더 큰 문제가 된다. 지금 아프지 않은데도 또 아플까 봐 계속 불안에 떨게 되는 것이다.

신경성 질환이나 각종 증후군의 원인은 오작동하는 미주신경과 체질적으로 약한 내장기관이다. 입시나 면접 등이 끝나기 전까지 스트레스를 없애는 것은 불가능하다. 오히려 시험이 다가올수록 더 심해진다. 따라서 스트레스를 없애려고 노력하는 것보다 약해진 장기와 미주신경을 튼튼하게 회복시키는데 집중해야 한다. 오장육부와 미주신경이 살아나면 우리 몸의 스트레스 저항성(stress resistance)[7]이 커진다. 스트레스 저항성이 커지면 스트레스를 받아도 영향을 덜 받는 튼튼한 몸이 된다.

기억하자. 몸이 건강하면 스트레스도 이겨낸다.

---

6) 자신에게 어떤 상황이 다가온다고 생각되는 경우에 생기는 불안
7) 생물이 환경 스트레스에 견딜 수 있는 능력

고카페인 음료는
저승행
고속열차

서울대 대학원 시절 석사논문의 주제는 '엘리베이터 진동의 능동제어 연구'였다. 엘리베이터가 움직일 때 느껴지는 진동을 줄이는 것이었다. 엘리베이터가 갑자기 흔들리면 그 안에 있는 사람은 불안해지고 무서움을 느끼게 된다. 그래서 엘리베이터 회사에서는 이러한 진동을 줄이기 위해 전담부서를 만들고 진동저감대책을 연구해왔다. 논문을 쓰기 위해 조사해보니 그 전까지의 기술은 엘리베이터의 구조를 개선하고 진동을 흡수하는 부품의 성능을 향상시켜 수동적으로 진동을 줄이는 것이었다. 나는 이보다 한 단계 더 나아가 엘리베이터에 들어오는 진동에 역진동을 가하여 진동을 상쇄시키려 했다. 이를 위해 소형 엘리베이터 모형을 제작하고 실험을 하기 시작했다.

그런데 생각보다 원했던 데이터가 나오지 않았다. 제작 오차와 기계의 성능 등 실제 실험에서는 변수가 많았다. 논문을 쓰려면 이론에 맞는 실험 데이터가 나와야 했기에 부품을 바꿔 보기도 하고 구조를 개선시키면서 진동을 최소화시킬 수 있는 최적점(optimal point)[8]을 찾아야 했다. 이렇게 수정하고 실험하기를 몇 차례 반복하다 보니 하루가 금새 지나갔다. 논문 심사일이 다가올수록 마음은 점점 초조해져 갔다. 막바지에는 결과를 내기 위해 집에도 못 가고 밤을 새기 일쑤였다.

밤을 새는 날에는 졸음을 쫓기 위해 커피를 많이 마셨다. 당시 공대 연구실은 서울대 산 꼭대기에 있었기 때문에 커피를 사러 갈 수도 없었다. 그래서 믹스커피를 큰 봉지로 사다 놓고 타서 마셨다. 한두 잔 먹을 때

---

8) 진동을 최소화시키는 여러 진동유발변수값의 조합

는 좋았지만 더 마시면 속이 안 좋아졌다. 잠을 깨려면 더 마셔야 했는데 더 마시면 속이 불편하니 참 난감했다.

요즘 공부하는 학생들은 어릴 적부터 커피를 비롯한 카페인 음료를 자주 마신다. 공부할 양이 워낙 방대하다 보니 잠을 쫓으며 공부를 해야 하기 때문이다. 커피를 마셔도 잠이 오다 보니 학생들에게 커피보다 각성작용이 더 센 음료가 필요하게 되었다. 바로 고카페인 음료다. 에너지 드링크라고도 하는데 몬스터, 레드불, 핫식스 등이 유명하다.

고카페인 음료로도 부족해 여기에 커피가루, 이온음료, 비타민 등을 넣어서 직접 제조해서 마시는 방법도 생겨났다. 각성효과를 극대화시키는 것이다. 일명 서울대 주스, '붕붕 드링크'다. 서울대를 가기 위해 마셔야 하는 음료고, 마시면 붕붕 뜬다고 해서 붕붕 드링크라고 한다.

카페인의 하루 권장 최대치는 성인기준 400mg이다. 아메리카노 한 잔에 90~200mg 정도의 카페인이

들어가니 성인의 경우 2~3잔 정도는 괜찮은 셈이다. 하지만 청소년들은 하루 권장 최대치가 125mg으로 성인보다 낮다. 연한 아메리카노 한 잔 정도가 적당한 것이다. 고카페인 음료에는 카페인이 적게는 60mg에서 많게는 200mg까지 들어있는데, 청소년 일일 기준 125mg과 비교할 때 한 두 잔만 마셔도 일일 최대치를 훌쩍 넘어버린다.

그런데 이처럼 카페인을 과도하게 섭취해도 몸에 무리가 없을까? 결론부터 말하면 이렇게 먹다가는 큰일난다. 잠이 안 오는 것과 공부가 되는 것은 별개다. 단순히 생각하면 잠이 안 오니 그 시간에 공부하면 되는 거 아니냐고 하는데, 그렇지 않다. 뇌세포도 세포다. 세포는 기계와 같다. 계속 쓰기만 하면 오작동이 생기거나 고장이 난다. 기계를 효율적으로 잘 쓰려면 중간에 쉬는 시간을 줘야 한다. 열을 식히고 사이사이에 낀 찌꺼기를 없애주고 깨끗이 관리해주어야 한다. 뇌도 그렇게 쉬고 정비하는 시간이 꼭 필요하다.

'청소년의 고카페인 음료 섭취와 우울증상 및 자살의 관계(한국정신신체의학회, 2016년)' 라는 논문에서 최근

1주일 동안 고카페인 음료를 섭취한 적이 있는 청소년을 대상으로 조사를 하였다. 청소년 카페인 일일 섭취 권고량을 초과하는 고용량 섭취군이 저용량 섭취군에 비해 우울증상, 자살생각, 자살계획, 자살시도 경험이 통계적으로 유의하게 높았으며, 고용량 카페인 섭취가 자살시도의 위험요인으로 확인되었다.

이것은 카페인 자체의 문제라기 보다는 뇌를 쉬게 하지 못했기 때문에 뇌가 고장이 난 것이다. 뇌의 피로와 오작동은 우울, 불안, 긴장을 일으키고 자살까지 생각하게 한다. 뇌가 오작동을 하게 되면 이런 심리적인 문제뿐만 아니라 미주신경을 따라 우리 몸 구석구석까지 영향을 미쳐 질병이 발생한다. 머리가 아프고 소화가 안 되고 면역력에 문제가 생겨 잔병치레가 많아진다. 이렇게 몸 상태가 나빠지면 이것이 거꾸로 뇌 기능에 영향을 미쳐 집중력 저하, 기억력 감퇴, 우울, 불안 등을 야기한다. 악순환이 생기는 것이다.

주위를 살펴보면 커피를 한 모금도 못 마시는 사람이 있고 권장치를 훌쩍 넘게 마셔도 괜찮다는 사람이 있다. 커피를 한 모금만 마셔도 가슴이 뛰고 잠이 안

온다는 사람도 있고, 10잔을 마셔도 잠만 잘 온다는 사람도 있다. 이는 체질과 연관이 있다.

사상체질로 비교해 보자면, 소음인은 피로하거나 스트레스를 받으면 항상 소화기 쪽으로 증상이 나타난다. 체한다든지, 설사를 한다든지, 식도염이나 위염이 잘 생긴다. 그런데 커피의 카페인 성분은 위장을 자극한다. 소음인은 소화기관이 약한 체질이기 때문에 카페인 자극이 속쓰림이나 소화불량을 유발하는 경우가 많다. 따라서, 소음인의 경우 커피를 안 마시는 게 좋다.

태음인은 몸에 노폐물이 쌓이기 쉬운 체질이다. 이런 체질은 땀을 빼거나 대소변으로 노폐물을 배출시켜야 건강하다. 카페인은 이뇨작용이 있다. 그래서 커피나 녹차 등 카페인이 들어간 음료를 마시면 평소보다 소변을 자주 보게 되는 것이다. 평소 몸이 잘 붓거나 사우나 가서 땀을 쭉 빼고 나야 개운하고 힘이 난다고 하는 사람들은 커피를 마시면 노폐물이 배출되면서 몸이 가벼워지고 정신이 든다. 그렇기에 태음인의 경우는 권장량보다 몇 잔 더 마셔도 별 문제가 없다.

소양인은 어떨까? 소양인은 체질적으로 양기가 넘치고 흥분을 잘한다. 카페인은 교감신경을 항진시켜 심장박동을 빠르게 하고 호흡을 빠르게 하며 뇌를 흥분시킨다. 흥분을 잘하는 사람에게 흥분제를 먹이는 셈이니 그리 바람직하지 않다. 소양인이 계속해서 카페인을 먹게 되면 심장이 두근거리고 얼굴이 벌개지고 불안증이나 불면증이 생겨 고생할 수 있다. 또한 소양인은 신장이 약한 체질인데, 카페인의 이뇨작용이 신장을 쉬지 않고 일하게 만들기 때문에 신장에 무리가 가기 쉽다.

평소 피부가 건조하고 입이 자주 마르는 사람도 카페인을 피해야 한다. 이런 체질의 사람은 몸속에 체액이 부족한 사람이다. 가뜩이나 물이 부족한데 카페인의 이뇨작용으로 소변이 자꾸 빠져나가면 더 건조해진다. 또한, 카페인은 칼슘의 흡수를 방해해서 뼈 생성과 성장에도 안 좋은 영향을 미치기 때문에 한참 성장하는 시기인 청소년기 아이들은 과도한 카페인 음료 섭취를 피하는 것이 좋다.

입시경쟁이 치열해지면서 공부시간을 조금이라도

늘리기 위해 잠을 줄여 공부하는 아이들이 늘어나고 있다. 하지만 수면욕구는 인간의 본성이기 때문에 싸워 이기는 것은 사실상 불가능하다. 카페인에 의존해 억지로 잠을 깨우면 뇌 효율만 떨어진다. 졸리면 차라리 15분간 낮잠을 자고, 15분간 바람을 쐬면서 뇌를 쉬게 해주는 것이 훨씬 효율적인 공부법이다.

공부하던 중학생 아들 녀석이 물었다.

"아빠, 1시간 자도 8시간 잔 것 같이 해주는 한약을 만들어주세요~"

"아들아, 그보다 1시간만 공부해도 8시간 한 것 같이 집중력을 높여주는 한약은 어때?"

공부시간보다 중요한 건 공부효율이다. 공부효율을 높이는 사람이 성공한다.

비타민이
채워주지 못하는
50%

"비타민A는 야맹증, 비타민 B는 각기병, 비타민 C는 괴혈병, 비타민 D는 구루병"

비타민이 부족하면 생기는 병인데, 이름이 특이해서 아직도 기억이 난다. 생물시험을 보기 위해 표를 만들어 무작정 외우긴 했는데 당시는 비타민이 어떤 역할을 하는지, 저런 병이 어떤 병인지도 몰랐다. 열심히 외운 덕분에 시험은 잘 봤지만, 이해가 안 된 상태로 외우기만 하다 보니 생물은 점점 선호하지 않는 과목이 되어버렸다. 나중에 한의대에 들어가서 인체의 신비로움을 이해하고 나서는 가장 좋아하는 과목이 되었지만 말이다.

비타민의 역사를 살펴보면 매우 흥미롭다. 비타민 C가 부족해서 생기는 괴혈병은 17세기 대항해시대에 먼 바다를 여행하는 선원들에게 처음으로 나타났다. 당시 채소나 과일의 보관기술이 없었기 때문에 비타민을 보충할 수가 없었던 선원들 중 많은 수가 괴혈병으로 사망했다. 이 시기 선원들에게는 괴혈병이 해적보다 무서운 존재였다. 1753년 영국 해군의 제임스 린드 박사는 식사 환경이 좋은 고급 선원들에게 괴혈병의 발병이 덜하다는 것을 알게 되었다. 그는 다른 선원들에게도 신선한 채소와 과일을 섭취하게 했고 그 결과 괴혈병이 생기지 않게 되었다. 이후 식품보관 기술이 발전하면서 괴혈병은 사라졌고 비타민에 대한 관심도 같이 사그라들었다.

그런데 20세기 후반 미국의 화학자 라이너스 폴링이 고용량의 비타민 C를 섭취하면 암을 예방할 수 있다고 주장하며 비타민에 대한 관심을 다시 끌어올렸다. 이후 수십 년간의 연구에서 비타민이 암, 심장병,

뇌졸중 예방에 별다른 효과가 없다고 밝혀졌음에도 불구하고 비타민의 인기는 폭발적으로 늘어만 갔다. 2013년 국민건강영양조사에 따르면 우리나라 국민의 44%가 비타민제나 건강보조식품을 복용한다고 한다. 비타민 광고에 보면 비타민이 피로회복은 물론 조직 재생, 면역 증진, 암 예방까지 된다고 한다. 거의 만병통치약이다. 그런데 비타민을 먹으면 정말 모든 건강 문제가 다 해결이 될까?

우선 비타민이 어떤 녀석인지부터 살펴보자. 비타민은 탄수화물, 단백질, 지방과 같은 주 영양소가 아니다. 주 영양소는 인체활동에 필요한 에너지원이 되고 인체를 구성하는 성분이 되는데, 비타민은 이런 주 영양소의 대사를 돕는 보조 영양소로 인체에 극소량만 있어도 된다. 게다가 비타민은 과일이나 야채에 충분히 들어있기 때문에 현대인들에게 괴혈병과 같은 비타민 결핍성 질환은 거의 나타나지 않는다. 오히려 비타민은 과잉섭취를 할 때 문제가 된다. 수용성 비타민인 비타민 B, C는 물에 녹기 때문에 많이 먹어도 소변으로 배출되어 문제가 없다. 하지만 과잉섭취를 하면 불필요한 비타민을 계속해서 몸 밖으로 배출해야 하기 때문에 신장에 무리가 갈 수밖에 없다. 지용성 비타민인 비타민 A, D는 물에 녹지 않기 때문에 소변으로 배출이 안 되고 체내에 누적되어 비타민 과다증을 일으키니 더 주의해야 한다.

　다른 문제도 있다. 주위에 보면 귤이나 사과를 먹을 때는 괜찮은데 비타민 C를 먹으면 속이 쓰린 사람이 있고, 샐러드를 먹을 때는 문제가 없는데 종합비타민을 먹을 때 소화가 안 되는 사람도 있다. 이것은 공장에서 화학적으로 합성한 비타민과 자연상태의 비타민이 분명한 차이가 있음을 의미한다. 과일이나 채소에는 비타민의 소화흡수를 돕는 성분들이 함께 들어있다. 또한 인류는 과일이나 채소에 들어있는 비타민을 효과적으로 흡수할 수 있게 장내미생물들이 진화해왔다. 그렇기 때문에 과일이나 채소를 먹을 때는 비타민이 자연스럽게 흡수되지만 합성비타민을 먹을 때는 탈이 나는 것이다.

　사실 채소와 과일을 골고루 먹고 낮에 햇빛을 잘 쐰다면 굳이 합성비타민을 따로 챙겨 먹을 필요가 없다. 어떤 사람들은 현대인들이 그렇게 일일이 챙겨먹을 시간이 없으니 비타민제로 보충하자고 하는데, 과연 비타민만 부족할까? 다른 영양소는 부족하지 않을까? 이러한 생각들 때문에 온갖 보충제가 난무하고 있다. 간편함만 추구하다 보니 제대로 된 식사에 신경 쓰기보다 보충제에 의존하게 되고, 그 결과 오히려 영양결핍이 오거나 보충제로 인한 부작용에 시달리게 된다.

진료실에서 상담을 하다 보면 비타민이나 영양제로 질병이 치료된다고 믿는 사람들을 가끔 보게 된다. 매스컴이나 인터넷에 떠도는 광고를 보면 자기도 모르게 그런 생각이 들 수가 있다. 하지만 대부분의 병은 비타민이나 영양제로 치료되지 않는다. 그러는 동안 병은 오히려 깊어만 간다. 병이 만성이 될수록 치료에 드는 시간과 비용이 기하급수적으로 늘어난다. 이렇게 자신의 잘못된 믿음으로 안타까운 시간과 비용이 드는 경우가 너무나 많다.

비타민을 비롯한 건강보조식품을 먹는 사람들의 심리에는 자신이 뭔가 부족하다는 생각이 깔려있다. 못먹던 시절 사람들의 인사는 "밥은 먹었니?"였다. 지금은 잘 먹고 있음에도 많은 사람들이 여전히 '잘 먹어야 된다'라는 강박을 가지고 있다. 심지어는 배탈이 나도 먹어야 한다고 생각하고, 한 끼라도 안 먹으면 큰 일이 생길 것 같은 두려움을 느낀다. 그래서 지금도 많은 사람들이 보양식을 찾아 다니고, 배불리 먹는 것을 좋은 것으로 여긴다. 피곤하면 비타민이 부족해서라고 생각하고, 몸이 아프면 영양제를 찾는다.

하지만 현대인들의 병은 먹는 것이 부족해서가 아니라 넘쳐서 온다. 예전에 농사짓던 시절에는 하루 종일 노동을 하고 먹는 것이라고는 밥밖에 없었는데, 지금은 육체노동이 현격히 줄었음에도 불구하고 고열량의 음식이나 불필요한 보조식품들을 많이 먹고 있다. 그리고 이런 음식이나 식품에 들어가는 화학첨가물이나 보존제, 환경호르몬의 섭취량도 대폭 증가했다. 과도한 영양과 화학물질들이 몸에 쌓여 독소가 되고 질병을 만들어내고 있는 것이다. 따라서 이제는 건강해지기 위해 뭔가를 먹어야 하는 것이 아니라 불필요한 것을 빼내야 한다.

한약과 비타민의 차이가 여기에 있다. 비타민은 보충하는 역할만 한다. 비타민이 부족하지 않은데 보충하는 것은 부작용만 생긴다. 한약이라고 하면 보補약만 생각하는데, 사실 한약의 시작은 사瀉약이었다. 사약의 사瀉자는 뺄 사이다. 사약의 목표는 질병의 원인이 되는 담음[9]이나 어혈[10]과 같은 독소를 몸 밖으로 빼내는 것인데, 주로 땀이나 대소변으로 배출시키는 방법을 썼다. 이렇게 불필요한 독소를 빼내고 깨끗하게 비운 상태에서 기혈氣血과 영양을 보충해줄 때 몸이 살아나고 질병을 빨리 몰아낼 수 있게 된다. 한약 처방을 잘 살펴보면 빼주는 약과 보충하는 약이 적절한 비율로 되어 있는데, 이런 깊은 뜻이 숨겨져 있다.

먹을수록 좋은 약이나 건강식품은 없다. 과다 복용한 비타민이나 영양제는 우리 몸에서 독소로 작용한다. 아무리 좋은 약이나 건강식품도 꼭 필요할 때 정확한 용량으로 복용해야 한다. 또한 장기적으로 먹을 때는 주기적으로 몸 상태를 점검해야 한다. 그리고 달라진 몸 상태에 따라 약이나 건강식품이 달라져야 한다. 배가 부르면 숟가락을 내려놓아야 하듯, 우리 몸이 정

---

9) 정상적인 '진액'이 변하여 병리적 상태가 된 것을 총칭.
10) 정상적인 '혈액'이 변하여 병리적 상태가 된 것을 총칭.

상으로 회복이 되었다면 복용을 중단해야 한다. 아깝다고 더 먹으면 그 때부터 바로 역효과가 시작된다. 아무리 몸에 좋은 한우도 과식하면 배탈이 나는 것처럼 말이다.

비타민이나 보충제에만 의존하는 것은 건강이 나빠지는 지름길이다. 시간이 없다는 핑계로 내 몸을 구성하는 음식에 무관심하면 질병이 나를 공격하기 시작한다. 내 몸이 건강해야 하고 싶은 일도 마음껏 할 수 있다. 건강이 가장 중요한 줄 안다면 어떤 비타민과 영양제를 먹을지가 아니라 평소에 먹는 음식에 시간을 투자하는 것이 옳다.

우리 아이가 기운이 없고 병이 낫지 않는다고 해서 무턱대고 건강식품이나 비타민을 먹이면 안 된다. 아픈 이유가 기혈이 부족하기 때문인지, 독소가 쌓였기 때문인지 먼저 알아야 한다. 독소가 쌓였다면 빼줘야 하고 기혈이 부족하다면 채워줘야 한다. 둘 다 문제라면 거기에 맞게 더하고 빼줘야 한다. 특히 시험을 앞둔 수험생이라면 아이한테 맞는 건강식품이나 비타민을 찾는데 쓰는 시간도 아깝다.

총명탕은 효과 없다

"원장님, 총명탕 먹으면 진짜 총명해지나요?"

(대략 난감…)

"음, 먼저 진찰해보고 말씀드려도 될까요?"

한의사이기 때문에 늘 받는 질문이지만 한마디로 대답하기가 어렵다. 부모님들 입장에서는 이름이 총명탕이니 총명해질 것 같은데 과연 총명탕을 먹으면 우리 아이가 정말로 총명해질지 궁금하다. 실제로 총명탕을 먹고 총명해진 아이가 있는 반면, 별 차이가 없는 경우도 있다. 왜 이런 차이가 생기는 것일까? 지금부터 총명탕을 심도 있게 분석해보자.

동의보감을 보면 총명탕이 나온다.

'자주 잊어버리는 것을 치료하는데, 오래 먹으면 하루에 천 마디 말을 외울 수 있다. 백복신, 원지(감초 달인 물에 담갔다가 가운데 심지를 빼내고 생강즙으로 법제한 것), 석창포 각각 같은 양. 위의 약들을 썰어 석 돈씩 물에 달여 먹거나, 가루 내어 두 돈씩 찻물에 타서 하루에 3번 먹는다.'

와~ 자주 잊어버리는 것을 치료하는데 오래 먹으면 하루에 천 마디 말을 외울 수 있단다. 시험공부하는 수험생에게 딱 맞는 약이다. 가뜩이나 안 외워져서 고민인 아이들한테는 가뭄에 단비와 같은 희소식이 아닐 수 없다. 그렇다면 어떤 원리로 총명하게 되는 걸까? 약재도 겨우 3가지밖에 안 들어가는데 말이다.

몇 년 전 TED에서 정말 흥미로운 강의가 있었다. TED는 세계적인 석학들이 나와서 그들이 발견한 지식을 나누고 무료로 볼 수 있게 해주는 인터넷 사이트다. 다양한 주제로 훌륭한 강의가 매주 쏟아지는데 그중에서 수면에 관련된 내용이 눈길을 끌었다. 사람이 하루의 1/3을 잠을 자는데 쓰는데, 이것이 어떤 의미를 가지는지에 대한 연구였다.

우리가 흔히 알고 있는 건 낮 동안 몸에 쌓인 피로를 풀기 위해서다. 수면에 좀 더 관심이 있는 사람들은 뇌가 낮에 보고 들은 정보를 장기 기억으로 저장한다는 것도 알고 있다. 강의를 보니 옛날 사람들도 수면에 대해 관심이 많았나 보다. 고대 그리스의 의학자인 갈레노스는 낮 동안에는 뇌에서 액체가 빠져나와 몸으로 이동하고, 밤이 되면 몸에 있던 액체가 뇌로 들어간다고 보았다. 한의학의 고서인 '영추'에서는 낮 동안에 기운이 인체의 표면에 있는 경맥으로 흐르다가 자는 동안 내부에 있는 경맥으로 모여 든다고 보았다.

TED강의에서 강사는 뇌신경을 연구하는 과학자인데 수면 중 뇌 속에 있는 뇌척수액의 움직임을 관찰하면서 놀라운 사실을 발견하게 된다. 뇌척수액은 두개골 안에서 뇌를 둘러싸고 있는 액체인데 뇌를 감싸 외부 충격에서 보호하는 역할을 한다. 그런데 자는 동안 뇌척수액이 뇌세포 사이사이로 흘러 들어와서 낮 동안 뇌활동에서 만들어진 부산물을 청소한다는 것이다.

주중에는 바빠서 집안청소를 미루다가 주말에 쉴 때 몰아서 하는 것처럼 우리의 뇌도 낮 동안에는 바빠서 청소할 엄두를 못 내다가 밤에 자는 동안 청소를 한다는 것이다. 너무나 신기한 일이다. 그런데 이런 뇌 청소 기능이 제대로 작동하지 않으면 뇌활동의 부산물인 '베타아밀로이드'라는 물질이 뇌신경세포에 비정상적으로 쌓이고, 그 결과로 치매가 발생한다. 한 달만 청소를 안 해도 집안이 엉망이 되는 것처럼 우리 뇌도 청소가 안 되면 정신이 흐리멍덩해지고 기억력이 엉망이 되는 것이다.

그런데 뇌에 쌓인 이런 부산물을 청소해주는 한약재가 바로 원지, 석창포, 백복신이다. 동의보감에 나온 총명탕이 머리를 맑게 해주고 집중력을 높이는 작용을 하는 원리가 이것이다. 따라서, 우리 아이가 공부하느라 잠을 계속 못 자서 뇌에 부산물이 많이 쌓인 상태라면 총명탕이 효과가 있다. 그렇다면 총명탕이 효과가 없는 경우는 왜 그런 걸까?

TED강의에서도 나왔지만 뇌청소는 '자는' 동안 일어난다. 일단 밤에 잠을 충분히 자야 한다. 청소할 시간이 있어야 청소를 구석구석 깨끗하게 할 수 있다. 시간이 부족하면 아무리 총명탕이라는 좋은 청소기가 있어도 뇌에 찌꺼기가 쌓일 수밖에 없다. 그렇기 때문에 불면증이 있다거나 꿈을 많이 꾸고 깊은 잠을 자지 못하는 경우에는 총명탕이 충분한 효과를 거두기 어렵다.

이런 경우는 잠을 깊이 자도록 도와주는 것이 우선이다. 그렇다고 아이들을 수면제나 수면유도제를 써서 억지로 재우는 건 위험천만한 일이다. 자연스럽게 푹 자고 나야 정상적인 뇌청소가 이뤄지는데 화학약물을 통해 강제로 뇌활동을 둔화시키면 청소기능도 정상적으로 작동하지 않게 된다. 약이 독하면 낮에도 잠에 취한 듯 멍한 상태가 된다. 따라서 공부하는 아이들의 경우는 절대적으로 피해야 한다. 흔히 잠이 안 오는 이유를 살펴보면 다음과 같다.

첫째, 근심걱정이나 생각이 너무 많은 경우가 있다. 생각이 많으면 뇌는 계속 활동하게 된다. 뇌가 활동을 멈춰야 잠을 잘 수 있는데 말이다.

둘째, 생활패턴의 문제로 인해 잠이 안 오는 경우가 있다. 밤 늦게까지 스마트폰을 본다거나, 낮잠을 많이 자거나, 커피나 고카페인 음료를 즐겨 마시거나, 밤에 야식을 푸짐하게 먹거나 하면 잠에 들기가 힘들고 깊이 잘 수가 없다.

마지막으로 아파서 그런 경우가 있다. 비염이 있어서 재채기와 콧물이 줄줄 나온다거나, 천식이 있어서 숨쉬기가 불편하다거나, 이상하게 배가 살살 아파서 밤에 깨는 경우가 있다. 아토피나 두드러기가 있어 가려워서 깊이 못 자는 경우도 있고, 목이나 어깨, 허리 등이 결리고 아파서 뒤척이다 잠을 잘 못 자는 경우도 있다.

총명탕을 먹이기 전에 우리 아이가 잠을 잘 자는지 확인해보자. 잠을 잘 자는 상태에서 총명탕을 먹인다면 훨씬 만족스러운 효과를 얻을 수 있을 것이다.

총명해지기 위해 마지막으로 중요한 것이 또 있다.

바로 뇌로 가는 영양공급이다. 수험생은 그 누구보다 머리를 많이 써야 하기 때문에 뇌세포에 끊임없이 에너지가 공급되어야 한다. 에너지는 주로 음식을 통해 공급된다. 음식이 입으로 들어오면 위장이 소화를 시켜 음식에 들어있는 영양분을 흡수하고, 간은 위장에 의해 흡수된 영양분을 저장한다. 심장은 영양이 풍부한 혈액을 뇌로 보내준다.

위장을 비롯한 모든 내장기관이 제 역할을 잘 해야 뇌활동에 필요한 연료가 계속해서 공급되고, 뇌가 최고의 효율을 발휘할 수 있다. 다시 말해 내장기관 중에서 어느 하나만 고장이 나도 뇌 효율은 떨어질 수밖에 없다. 뇌세포에서 쓰고 버린 노폐물을 청소하는 것도 중요하지만 생활 습관을 잡아주고 몸속 문제를 해결해주는 것도 정말 중요하다. 어느 하나 간과해서는 안 된다. 뇌에 영양을 공급하고 노폐물을 배출하는 모든 과정이 톱니바퀴 물리듯 정확하게 맞아 들어가야 한다.

총명탕이 진짜 총명탕의 역할을 하려면 우리 아이에게 꼭 필요한 약재가 추가되어야 한다. 종합적인 검사와 진찰을 통해 집중력이 떨어진 진짜 원인을 찾고,

체질을 고려하여 우리 아이한테 맞춤으로 처방할 때 진정한 효과를 발휘하게 되는 것이다.

성적이 잘 나오려면 모든 과목을 두루 잘 봐야 한다. 그러기 위해서는 약한 과목에 시간을 많이 투자해야 한다. 그래야 평균점수를 높일 수 있다. 총명탕을 고를 때도 마찬가지다. 두뇌의 집중력을 높이고 싶다면 내 몸에서 약한 부분을 보충해야 한다.

총명탕은 효과가 있다. 단, 내 몸에 꼭 필요한 약재 가 추가될 때.

감기에 안 걸리고 500살까지 사는 방법

새학기가 되면 부모의 마음이 바빠진다. 아이가 학교에 잘 적응하는지, 친구들은 잘 사귀는지, 선생님은 어떤 분인지, 이런저런 걱정에 마음이 편치 않다. 아이들도 마찬가지다. 낯선 환경, 낯선 선생님, 낯선 친구들을 만나야 하기에 긴장되는 마음을 감출 수 없다. 개중에 예민한 아이들은 학교에 적응하는 과정에서 유달리 힘들어한다. 괜한 투정으로 배가 아프다, 머리가 아프다고 꾀병을 부린다. 아이는 힘들다고 하는데 병원에 가면 이유를 알 수 없다고 하니 부모 입장에서 참 난감하다.

이처럼 새학기가 되고 아이들이 새로운 환경에 적응하는 과정에서 겪는 몸과 마음의 이상 증상을 '새학기 증후군'이라고 한다. 새학기 증후군은 불안한 심리적 상태가 신체 증상으로 나타나는 신체화장애[11]의 일종으로 불안감과 긴장감을 몸으로 표현하는 것이다. 시간이 지나고 새로운 환경에 적응이 되면 새학기 증후군은 대부분 사라진다.

그런데 적응이 되면 사라지는 새학기 증후군과는 달리 시간이 지나도 적응이 안 되고 지속적으로 아이들을 괴롭히는 흔한 병이 있다. 바로 감기다. 새학기만 되면 소아과와 이비인후과가 감기환자로 북새통을 이룬다. 새학기는 계절적으로 환절기인데다 아이들이 학교에 적응하는 과정에서 스트레스를 받기 때문에 면역력이 약해져 감기에 걸리기 쉽기 때문이다. 거기에 교실이라는 좁은 공간에서 많은 수의 아이들이 장시간 함께 지내다 보니 한 명만 감기에 걸려도 감기 바

---

11) 뚜렷하게 어디가 아프거나 병이 있지도 아니하면서 병적 증상을 호소하는 것. 머리의 무거움이나 초조감, 피로감, 불면, 어깨통, 두근거림, 식욕 감퇴 따위가 일어나며 막연한 불쾌감이 따른다. 하지만 실제로 검사하여 보면 아무 이상도 발견되지 않는다. (표준국어대사전)

이러스가 주위로 쉽게 전파가 되는 것이다.

'감기는 약 먹으면 일주일, 안 먹으면 7일 간다'

이런 우스갯소리가 있다. 잘 보면 일주일이나 7일이나 똑같다. 약을 쓰나 안 쓰나 낫는 기간이 차이가 없다는 말이다. 그런데 왜 약을 먹으나 안 먹으나 낫는 기간이 똑같을까?

병원이나 약국에서 처방 받는 대부분의 약들은 감기 바이러스로 인해 나타나는 증상만을 완화시켜주는 약이다. 열이 많이 나면 해열제, 두통이나 몸살이 심하면 소염진통제, 기침이나 가래가 심하면 진해거담제, 콧물이 많으면 항히스타민제처럼 그때 그때 증상에 맞춰 처방할 뿐이다. 그런데 이런 약들은 감기가 아닌 다른 질환에서도 증상 완화의 목적으로 동일하게 처방된다. 그 이야기는 우리가 알고 있는 감기약이 감기 바이러스를 물리치는 약이 아니라는 뜻이다. 그렇다면 감기는 어떻게 물리치는 걸까?

우리 몸에는 면역계라고 불리는 방어 체계가 있다.

이 방어 체계가 적군(바이러스)을 발견하면 군대(항체)를 만들어 싸우기 시작한다. 그 과정에서 열이나 몸살, 두통, 기침, 콧물, 가래 등의 증상이 나타난다. 보통 일주일 정도면 증상도 없어지고 바이러스도 물러난다. 다시 건강한 상태로 돌아오는 것이다. 그런데 우리는 약을 먹고 나았다고 착각한다. 약을 먹으면 일단 증상이 완화되고 일주일 정도 지나면 몸이 괜찮아지니까 말이다. 그러나 사실은 내 몸이 스스로 이겨내 준 것이다.

주위에 보면 1년 내내 감기를 달고 사는 사람들이 있다. 약을 먹으면 좀 낫는 듯하다가 약기운이 떨어지면 다시 증상이 도진다. 잘 안 낫는 것 같으면 병원을 옮기고 더 센 약을 먹으려고 한다. 사실은 본인의 몸이 약하고 면역력에 문제가 있어서 감기 바이러스를 물리치지 못하는 것인데 이를 알지 못한다.

감기약을 오래 먹으면 더 큰 문제가 생긴다. 진통소염제나 항생제는 기본적으로 위장이나 대장을 자극해서 기능을 떨어뜨린다. 그래서 감기 처방전을 보면 대부분 소화제를 같이 처방한다. 하지만 진통소염제나 항생제를 오래 복용하면 아무리 소화제가 들어있어도 위장이나 대장에 문제가 생기게 된다. 소화가 안 되고 설사가 반복된다. 영양 흡수가 제대로 안 되면서 면역력은 더 떨어지고 감기에 더 쉽게 걸린다. 악순환이 시작되는 것이다.

코로나19가 잡히면 더 이상 바이러스성 전염병이 생기지 않을까? 우리는 이미 사스와 메르스를 경험했다. 다른 전염병이 생기지 말란 법도 없다. 게다가 감기와 독감은 사계절 내내 우리 아이들을 호시탐탐 노리고 있다. 그럴 때마다 백신이 나오기만 기다리면서 집에 갇혀 있어야 한다면 생각만 해도 무섭고 답답하다.

그렇다면 나와 우리 가족이 이런 전염병을 이겨내려면 어떻게 해야 할까? 바로 면역력을 높이는 것이다. 내 몸이 건강하면 바이러스를 쉽게 물리친다. 감기가 들 것 같이 몸이 으슬으슬 떨리다가도 하룻밤 푹 자고 나면 언제 그랬냐는 듯이 멀쩡해진다. 면역력이 높은 사람들은 아예 증상이 나타나지 않아서 자신이 바이러스 감염이 됐는지도 모르고 넘어간다. 이렇게 면역력을 높인다면 감기뿐만 아니라, 독감, 대상포진, 안면신경마비 등 각종 바이러스성 질환을 함께 예방할 수 있다.

한의학에서 질병을 치료하는 기본 원칙은 부정거사扶正祛邪다. 정기正氣를 도와 사기邪氣를 물리친다는 뜻이다. 정기는 면역력이고 사기는 바이러스나 세균을 의미한다. 정기를 돕는 약이 '보약'이다. 보약의 보補자는 '보태다', '돕다'라는 뜻을 가지고 있다. 몸에 부족한 부분을 보충해 주고 도와주는 약이라는 의미다. 스트레스나 과로로 인해 부족해진 에너지와 체력을 보충해 주고, 오장 육부의 기능을 활성화시켜 면역에 필요한 성분을 잘 만들어낼 수 있게 해주는 것이 보약이다. 옛 선조들은 면역력을 높이는 것이 질병을 몰아내는 가장 효과적인 방법임을 이미 알고 있었던 것이다.

면역력을 높이는 약 중에 호흡기 면역력을 높이는 보약은 따로 있다. 바로 '경옥고'다. 경옥고는 동의보감에 나오는 첫 번째 보약인데, '64년 동안 먹으면 500살을 살 수 있다'고 쓰여있다. 동의보감은 국가에서 편찬한 의서인데 당시 보건복지부 장관 격인 허준 선생님이 어떤 의도로 저런 내용을 썼을까? 물론 과장된 말이겠지만 그만큼 오래 먹어도 부작용이 없고 질병을 예방하고 노화를 막는데 큰 효과가 있다는 뜻이다. 재미있는 건 동의보감의 다른 처방에는 저런 표현이 없다는 점이다. 정말 자신이 있었나 보다.

최근 논문에 따르면 경옥고는 폐조직을 보호하고 기관지의 염증을 개선하는 효과가 있다는 것이 밝혀졌다.[12] 그동안 감기를 달고 살거나 잔병치레가 잦은 아이들에게 경옥고를 처방해서 많은 효과를 보아왔는데 경옥고의 효능이 과학적으로 검증이 되어 무척 기쁘다.

경옥고는 인삼, 생지황, 복령, 꿀로 만들어진다. 인삼은 입맛이 없고 소화 기능이 약한 사람, 기운이 없고 몸이 찬 사람에게 좋다. 너무 오래 먹게 되면 열이 생길 수 있는데 생지황이 그런 부작용을 잡아준다. 생지황은 즙이 많고 성질은 약간 차다. 비유하자면 시원한 고로쇠 물이라 볼 수 있다. 시원한 진액이 보충되니 인삼

---

12) Wonhwa Lee&Jong-Sup Bae. 2019. Inhibitory effects of Kyung-Ok-Ko, traditional herbal prescription, on particulate matter-induced vascular barrier disruptive responses. International Journal of Environmental Health Research. 29(3):301-311.

으로 인해 생긴 열의 성질을 잡아줄 수 있다. 꿀은 체내에서 빠르게 분해되어 당대사를 통해 에너지원으로 전환되기 때문에 기운을 금방 회복시킨다. 복령은 체내에 과도하게 쌓인 불필요한 수분이나 노폐물을 부드럽게 빼주는 역할을 한다. 경옥고는 이처럼 조합이 잘 되어 있는 약이다. 서로의 과한 부분을 해결해 주는 약재들이 골고루 섞여 있기 때문에 오래 먹어도 문제가 되지 않는다.

공진단,
아무 때나
먹지 마라

한의대 6년을 마치면 한의사 면허를 따기 위해 국가 고시를 본다. 1년에 한 번 시험을 보기 때문에 떨어지면 하염없이 1년을 기다려야 한다. 그래서 합격률이 높다고 하더라도 절대 안심할 수 없다. 본과 4학년 1학기가 끝나고 여름방학이 시작되면 모두들 도서관에 틀어박혀 본격적으로 한의사 국가고시를 준비한다. 2학기부터는 매달 모의고사를 보면서 실력을 점검하고 부족한 부분을 보충한다.

첫 번째 모의고사를 보는 날이었다. 점심을 먹고 3

교시가 되니 갑자기 잠이 쏟아지기 시작했다. 잠을 쫓으려 해도 잠귀신이 눈에 딱 달라붙어 떨어지지 않았다. 비몽사몽 헤매다 보니 3교시가 다 지나갔고 시험을 망쳐버렸다. 컨디션이 안 좋아서 그랬겠거니 했는데 웬걸, 다음 모의고사 때도 마찬가지였고 다음 모의고사도 마찬가지였다. 걱정이 되기 시작했다. 국가고시가 코앞인데 혹시나 시험 보다 졸면 낭패다 싶었다.

'어떻게 하면 좋을까?' 고민하던 중에 공진단이 떠올랐다. 한의학 수업시간에도 배우고 선배들한테도 많이 들었다. 예전에 황제만 먹을 수 있었던 아주 좋은 약이라고. 당시에 은행에서 대출을 받아 학비와 생활비로 쓰면서 근근이 버티던 시절이라 공진단은 나에게 그림의 떡이었지만, 시험이 코앞이라 돈이 문제가 아니었다. 부랴부랴 공진단 2환을 샀다. 모의고사 때 한 번 먹어보고 괜찮으면 국가고시를 볼 때도 먹어 보리라고 생각했다.

모의고사 날 아침에 1환을 먹어 보았다. 뭔가 평소보다 머리가 맑아지는 것 같았지만 확실하진 않았다. 점심을 먹고 나서 3교시 시험 보기 전에 1환을 더 먹었다.

'어, 잠이 안 오네? 괜찮은데?'

3교시만 되면 달라붙던 잠귀신이 사라졌다. 모의고사 볼 때마다 식곤증 때문에 걱정이었는데 이번엔 달랐다. 맑은 머리로 시험을 치르니 당연히 점수도 잘 나왔다. 이거다 싶었다. 이후로 1번 더 테스트를 했는데 또 효과가 있었다. 신기했다.

국가고시를 보는 날. 아침에 혹시 몰라 청심환도 준비했다. 너무 긴장되거나 떨릴 때 먹으려고 준비했는데 다행히 많이 긴장되지 않았다. 모의고사 때처럼 아침에 공진단 1환을 먹고 3교시 때도 1환을 먹었다. 역시나 괜찮았다. 잠도 오지 않았고 체력적으로도 끝까지 버틸만했다. 공진단을 먹길 잘했다.

공진단에는 4가지 약재가 들어간다. 녹용, 당귀, 산수유, 사향이다.

한의학에서 녹용은 정혈과 골수를 보충해 주는 가장 좋은 한약재다. 정혈은 에너지와 혈액의 원료이고, 골수는 뼈와 관절의 원료다. 따라서 체력이 약하거나 뼈

성장이 느린 아이들에게 필수적으로 들어간다. 그리고 당귀는 혈액을 보충하는 대표 한약재이고, 산수유는 신장기능을 돕는 약재다. 사향은 사향노루의 향주머니에 들어있는 향분비물이다. 짝짓기 철이 되면 수컷 사향노루의 향주머니에서 향이 1km 밖까지 뻗어나간다고 한다. 이러한 사향의 뻗어나가는 성질은 인체 내에서 기혈을 말초까지 힘차게 뻗어나가도록 한다.

사향은 방약합편[13]에 개규성뇌開竅醒腦 작용이 있다고 적혀있다. 개규開竅는 인체의 구멍을 열어준다는 뜻이고 성뇌醒腦는 뇌를 깨운다는 뜻이다. 인체의 구멍에는 눈, 코, 입, 귀, 항문, 요도, 땀구멍 등이 있다. 이러한 구멍은 인체와 주위 환경을 소통시켜주는 역할을 하는데 이 구멍들이 막히면 치명적인 문제가 생긴다. 눈이 막히면 볼 수가 없고, 코가 막히면 숨을 쉴 수가 없고, 입이 막히면 먹을 수가 없고, 귀가 막히면 들을 수가 없고, 항문과 요도가 막히면 대소변을 못 보고, 땀구멍이 막히면 체온 조절이 되지 않는다. 이런 증상은

13) 조선시대 고종 21년 의학자 황도연의 유언에 따라 아들인 황필수가 간행한 의서로 한약처방을 쉽게 찾아 쓸 수 있도록 정리했다.

중풍에서 볼 수 있는데 선조들은 사향을 써서 막힌 구멍을 뚫어 중풍을 치료했다.

또한 사향은 뇌를 깨우는 효과가 있다. 논문[14]을 보면 사향의 무스콘muscone 성분은 뇌혈관장벽Brain Blood Barrier[15]에 작용한다는 것이 밝혀졌다. 또 다른 논문[16]에는 공진단이 치매환자의 인지 기능을 향상시킨다는 연구결과가 실려있다. 사향으로 인해 공진단 성분이 뇌로 공급되고 뇌 기능이 활성화되는 것이다.

공진단에 사향 대신 침향이나 목향을 쓰는 경우가 있다. 사향이 없을 때 사향처럼 향이 짙은 약재로 대체해서 쓰는 것이다. 진한 박하 향을 맡으면 코가 뻥 뚫리고 머리가 맑아지는 경험을 한 적이 있을 것이다. 향이 있는 약재들은 대체로 인체의 구멍을 열고 외부와 소통을 시켜준다. 하지만 그렇다고 목향이나 침향이

---

14) 줄기세포분화촉진을 위한 한약재의 뇌혈관장벽 투과 연구 현황, 辽宁中医杂志, 2016

15) 뇌를 보호하기 위해 혈액을 선택적으로 투과시키는 혈관 구조. 세균이나 병원체, 약물 등 뇌에 위험이 될만한 성분이 침입하지 못하도록 한다.

16) 「공진단이 알츠하이머형 치매환자에게 미치는 영향」, 동의신경정신과학회지, 2004

사향과 약효가 같다는 말은 결코 아니다.

침향이나 목향에는 성뇌작용이 없다. 뇌혈관장벽에 작용하는 무스콘 성분이 없기 때문이다. 따라서 집중력이나 인지 기능을 향상시키려면 사향이 들어간 공진단을 먹어야 한다. 문제는 사향이 목향이나 침향보다 수백 배 비싸다는 점이다. 사향이 워낙 구하기 힘들고 고가이다 보니 가짜 사향도 유통된다. 사향노루가 아닌 사향고양이나 사향쥐의 향분비물을 사용한다거나 정식 통관을 거치지 않은 정체불명의 사향이 사용되기도 한다. 이런 경우라면 차라리 목향이나 침향을 쓰는 것이 낫다.

공진단이 진짜 효과가 있는지 묻는 사람들이 있다. 공진단은 옛날 중국 황제에게 진상했던 약이다. 생각해 보자. 황제에게 바치는 약이 부작용이 있거나 효과가 없다면 그 한의사는 어떻게 될까? 황제에게 진상한다는 것은 목숨을 걸고 하는 일이다. 그만큼 약효에 자신이 있다는 뜻이다.

"공진단을 먹었더니 공부하는데 힘들지가 않아요."

"정신과약을 안 먹으면 잠이 안 왔는데 공진단을 먹으면 잠도 잘 오고 다음날 개운해요."

"아이가 시험기간에 공진단을 먹고 덜 피곤해하네요."

이외에도 많은 사람들이 공진단을 먹고 다양한 체험담을 전해준다. 암수술 이후에 기운이 없어 누워만 있던 환자가 공진단을 먹고 친구들과 멀리 여행을 다녀오고, 머리가 멍해서 일하는데 지장이 많았는데 공진단을 먹고 머리가 맑아졌다며 신기해한다.

만약 아이가 체력과 집중력이 떨어져 걱정이거나, 공진단을 먹였는데 효과가 미진하다면 믿을만한 한의원에서 정품 사향이 들어간 공진단으로 처방받을 것을 추천한다.

1등급UP 공부팁

- 카페인에 의존해 억지로 잠을 깨우면 뇌효율만 떨어진다. 차라리 졸리면 15분간 낮잠을 자고, 15분간 바람을 쐬면서 뇌를 쉬게 해주는 것이 훨씬 효율적인 공부법이다.

- 공부시간보다 중요한 건 공부효율이다.
  공부효율을 높이는 사람이 성공한다.

- 성적이 잘 나오려면 모든 과목을 두루 잘 봐야 한다. 그러기 위해서는 약한 과목에 시간을 많이 투자해야 한다. 그래야 평균점수를 높일 수 있다.

- 잠이 안 오는 것과 공부가 되는 것은 별개다.

1등급UP 건강팁

- 우리 몸은 정교한 시스템으로 이루어져 있다. 각각의 내장기관들이 자신의 역할을 한 치의 오차도 없이 해내고 있다. 문제가 생기면 몸과 뇌는 신호를 주고받으며 스스로 가장 빠른 방법을 찾아 고친다. 이러한 정교한 시스템이 가능한 것은 다름 아닌 신경계 덕분이다.

- 스트레스를 받거나 부정적인 감정에 사로잡히게 되면 미주신경이 약해지기 시작한다. 미주신경이 약해지면 미주신경을 따라 전달되는 신호에 이상이 생긴다. 뇌와 내장기관 사이에 주고받는 신호에 오류가 생기는 것인데, 신호가 불필요하게 증폭되기도 하고 본래의 신호와는 다른 신호로 바뀌기도 한다. 이처럼 이상신호가 계속 전달되면 우리 몸에서 가장 약한 곳에 질병이 생긴다.

- 신경성 질환이나 증후군은 불치병이 아니다. 아직 많은 의료기관이 치료 방법을 모를 뿐이다.

- 우리 아이가 신경성 질환이나 증후군으로 인해 공부나 일에 집중을 못한다면 빨리 치료해 주어야 한다. 당장 아픈 것도 문제지만 병이 만성이 되면 예기불안이 더 큰 문제가 된다. 지금 아프지 않은 데도 또 아플까

봐 계속 불안에 떨게 되는 것이다.

- 몸이 건강하면 스트레스도 이겨낸다.
  뇌도 그렇게 쉬고 정비하는 시간이 꼭 필요하다.
- 커피의 카페인 성분은 위장을 자극한다.
- 카페인은 교감신경을 항진시켜 심장박동을 빠르게 하고 호흡을 빠르게 하며 뇌를 흥분시킨다.
- 카페인의 이뇨작용으로 소변이 자꾸 빠져나가면 몸은 더 건조해진다.
- 카페인은 칼슘의 흡수를 방해해서 뼈 생성과 성장에도 안 좋은 영향을 미친다.
- 과일이나 채소를 먹을 때는 비타민이 자연스럽게 흡수되지만 합성비타민은 그렇지 않다.
- 간편함만 추구하다 보니 제대로 된 식사에 신경 쓰기보다 보충제에만 의존하게 되고, 그 결과 오히려 영양결핍이 오거나 보충제로 인한 부작용에 시달리게 된다.
- 대부분의 병은 비타민이나 영양제로 치료되지 않는다.
- 과도한 영양과 화학물질들이 몸에 쌓여 독소가 되고 질병을 만들어낸다.
  따라서 이제는 건강해지기 위해 뭔가를 먹는 게 아니라 불필요한 것을 빼내야 한다.
- 불필요한 독소를 빼내고 깨끗하게 비운 상태에서 기혈氣血과 영양을 보충해 줄 때 몸이 살아나고 질병을 빨리 몰아낼 수 있게 된다.
- 먹을수록 좋은 약이나 건강식품은 없다. 과다복용한 비타민이나 영양제는 우리 몸에서 독소로 작용한다.
- 한 달만 청소를 안 해도 집안이 엉망이 되는 것처럼 우리 뇌도 청소가 안 되면 정신이 흐리멍덩해지고 기억력이 엉망이 된다.
- 총명탕이 진짜 총명탕의 역할을 하려면 우리 아이에게 꼭 필요한 약재가 추가되어야 한다.
- 진통소염제나 항생제는 기본적으로 위장이나 대장을 자극해서 기능을 떨어뜨린다.
- 내 몸이 건강하면 바이러스를 쉽게 물리친다.

수험생 직업병 치료!
검사부터
달라야 한다

5

수험생은
극한
직업

'TGIF'

한 때 유명했던 패밀리레스토랑 이름이다. 대학생
시절 미팅이나 소개팅을 할 때 여대생들한테 최고로
인기가 있는 곳이었다. 가격대가 비싸서 자주는 못 갔
지만 당시에 획기적인 인테리어와 메뉴로 사람들의
눈길을 사로잡았다. 그런데 몇 년 동안 이용했음에도
가게 이름이 어떤 뜻인지 몰랐다. 나중에 알고 보니
"Thanks God! It's Friday."의 약자였다. 해석하면 "하나
님 감사합니다! 금요일이네요."가 된다. 쉴 수 있는 주

말이 와서 너무 기쁘다는 뜻이다.

회사에 입사하고 나서야 저 말이 무슨 말인지 알게 되었다. 내가 회사에 신입사원으로 입사할 무렵 격주 5일 근무가 시작되었다. 그전까지만 해도 주6일 근무가 기본이었는데 IMF가 터지고 사회적 혼란 속에서 사람들의 인식이 바뀌기 시작했다. 선진국처럼 삶의 질을 높이는 방향으로 사회적 분위기가 서서히 변해가고 있었다.

주말에 쉬는 금요일이 되면 기분이 너무 좋았다. 주말에 특별히 할 일도 없지만 단지 쉴 수 있다는 것만으로도 입가에 미소가 지어졌다. 말 그대로 '금요일은 하나님께 감사하는 날'이었다. 주말 아침 늦잠을 실컷 자고 아침 겸 점심을 먹으면 참 행복했다. 오후까지 집에서 편히 쉬다가 저녁에 데이트를 하고 친구들을 만나서 회포를 풀다 보면 주말이 쏜살같이 흘러갔다. 그리고 일요일 밤이 되면 급 우울해졌다. 다음주는 월요일부터 토요일까지 일을 해야 했기 때문이다.

우리 아이들을 보면 직장인과 생활 패턴이 비슷하

다. 직장인이 아침에 회사에 출근한다면 수험생 아이들은 학교에 등교한다. 직장인은 하루 종일 컴퓨터를 보고, 수험생은 하루 종일 책을 본다. 직장인이 야근하는 것처럼 수험생도 야간자율학습을 하거나 학원에서 밤늦게까지 공부한다. 그런데 자세히 보면 둘 사이에 차이점이 있다. 직장인은 대부분 매일 야근하지 않는다. 주말에는 놀면서 쉴 수도 있다. 중간에 휴가도 낼 수 있어서 멀리 여행을 다녀올 수도 있다. 직장생활에서 쌓인 피로와 스트레스를 풀 기회가 있는 것이다. 그런데 수험생은 그럴 기회가 없다. 주말에도 학원에 가야 하고, 명절에도 공부해야 한다. 여행은커녕 잠깐 쉬는 것조차 허용이 안 된다.

우리 아이들도 얼마나 놀고 싶을까? 그 마음은 어른들보다 훨씬 클 것이다. 한창 호기심도 많고 하고 싶은 것도 많을 때 아닌가. 그런데 공부하느라 다른 건 아무것도 할 수가 없다. 하기 싫은 공부를 몇 년간 하고 있으니 스트레스가 안 쌓일 수 없다. 그렇다고 직장인처럼 주말마다 쉴 수도 없으니 하루하루 아이들의 피로는 쌓여만 간다.

직장인도 쉬지 않고 일을 하다 보면 병이 생긴다. 같은 직업을 가진 사람들은 걸리는 병도 비슷하다. 사무직의 경우 거북목 증후군, 손목터널 증후군, 안구건조증, 어깨 뭉침, 두통, 소화불량 등의 증상이 주를 이룬다. 반면에 육체노동을 많이 하는 사람들은 쓰는 부위에 따라 손목, 무릎, 허리 등 관절에 통증이 많고, 힘을 과하게 쓰기 때문에 전신에 피로를 심하게 느낀다. 이렇게 같은 직업군에게 공통적으로 나타나는 질환을 '직업병'이라고 한다.

수험생도 마찬가지다. 수험 생활을 3년 이상 하다 보면 몸과 마음에 피로와 스트레스가 고스란히 쌓인다. 수능이 끝날 때까지 쌓이기만 하면 좋겠는데 중간에 병이 되어 터져 나온다. 몸에서 터지면 소화불량, 두통, 체력과 집중력의 저하, 허리나 어깨 통증 같은 질병이 나타난다. 마음에서 터지면 화병이나 우울증, 수면장애나 공황장애 같은 질환이 생겨난다. 수험생이 돈을 버는 직업은 아니지만 생활패턴이 직장인과 비슷하고, 직장인들과 마찬가지로 수험생들에게만 주로 나타나는 공통의 병이 있기에 앞에서 이것을 '수험생 직업병'이라 명명했다.

병원에서는 검사를 해봐도 별다른 원인을 찾을 수 없기 때문에 신경성이라고만 하고 치료할 필요가 없다고 이야기한다. 하지만 수험생 직업병은 질병이다. 과도한 입시경쟁에서 오는 피로와 스트레스로 인해 뇌와 미주신경이 약화되고 오장육부의 기능이 떨어지면서 다양한 증상들이 나타나는 것이다.

🍃 치료케이스 갑자기 쓰러진 민서

민서네 아빠는 교육에 관심이 많았다. 민서 아빠는 어릴 적 교사가 꿈이었는데 고등학교 내내 열심히 공부해서 교대에 도전했으나 생각보다 성적이 안 나왔다. 다음 해에도 도전했지만 또다시 실패했다. 집안 사정상 더 이상 공부를 계속하기가 어려워 군대를 가게 되었고, 이후 교사의 꿈을 접게 되었다. 민서 아빠는 민서가 교사가 되길 바랐다. 자신의 못다한 꿈을 민서가 이루어 주면 좋겠다고 생각했다. 그래서 민서가 어릴 적부터 열성적으로 민서를 뒷바라지했다. 민서도 공부를 곧잘 했고 중학교까지 줄곧 상위권을 유지했다.

민서가 고등학생이 되면서 문제가 시작되었다. 중학교와 달리 고등학교 과목은 민서에게 어려웠다. 수업을 들으면 어느 정도 이해는 되는데 막상 문제를 풀려고 하면 어떻게 풀어야 할지 막막했다. 그렇게 1학기가 흘러갔고 민서의 성적은 수직낙하했다. 공부를 해도 잘 안 되니 자신감은 떨어졌고, 공부도 설렁설렁 하게 되었다. 민서 아빠는 그런 민서의 모습을 참을 수 없었다. 그래서 민서에게 자주 화를 냈고 둘의 관계는 나빠질 대로 나빠졌다.

그러던 어느 날 민서가 갑자기 쓰러졌다. 늦게까지 공부한다고 책상에 앉아있었는데 일어나려고 하는 도중에 눈앞이 아찔해지면서 넘어진 것이다. 좀 쉬면 괜찮을 거라 생각했는데 이후로도 자주 어지러웠고 또 쓰러질까 봐 불안했다. 병원에 가서 뇌검사도 해봤지만 원인을 찾을 수 없었다. 엄마도 걱정이 되어서 영양제도 먹이고 홍삼도 먹였는데 별 차도가 없었다. 그래서 수소문 끝에 우리 한의원에 방문했다.

한의원에서 검사를 해보니 민서는 자율신경의 불균형이 심했다. 마른 체형에 혈압도 많이 낮은 편이었다. 맥박은 느리면서 긴장된 맥이 나왔고, 혀를 내밀었을 때 떨림이 무척 심했다. 이런 경우 자율신경 기능 이상, 또는 미주신경성 실신으로 진단할 수 있다.

미주신경성 실신은 지속적인 스트레스로 인해 미주신경에 이상이 생기면서 갑자기 쓰러지는 질환이다. 미주신경에 이상이 생기면 심장박동과 혈압이 떨어지면서 순간적으로 뇌에 혈액공급이 안 되기 때문에 실신하게 되는 것이다. 또한, 뇌로 혈액공급이 안 되면 실신뿐만 아니라 어지럼증이나 두통이 생기기 쉽다. 민서는 체질적으로 예민하고 체력이 약한 아이였는데, 공부가 마음대로 안 되고 아빠와의 관계에서 스트레스를 많이 받다 보니 미주신경까지 이상이 생긴 것이었다.

우선 민서의 어지럼증을 치료하기 위해 미주신경을 안정시켜야 했다. 치료에서 가장 처음 해야 할 것은 현재 가장 불편한 주소증[17]을 해결하는 것이다. 하지만 주소증만 해결해서는 치료가 다 되었다고 할 수 없다. 주소증을 유발하는 원인이 남아있기 때문이다. 진통제와 같이 대증치료[18]를 목적으로 하는 약의 효과가 지속되지 못하는 이유가 바로 여기에 있다.

또한 원인을 제거하고 나서는 반드시 체력보강과 체질개선을 해주어야 한다. 질병과 싸우느라 약해진 몸을 건강한 상태로 회복시키고, 타고난 체질적인 약점을 보완해야만 질병의 재발을 막을 수 있기 때문이다.

병이 깊으면 한 번에 치료가 안 된다. 조급한 마음에 욕심을 부려 많은 약재를 한꺼번에 쓰면 병이 낫기는커녕 약이 소화가 안 되어서 몸에 탈이 나게 된다. 보약을 먹고 탈이 나는 경우가 이런 경우다. 따라서 병이 깊을 때는 1단계로 주소증을 치료하고, 2단계로 원인을 제거하고, 3단계로 체질을 개선하는 것이 가장 빠르고 효

---

17) 주소증(Chief Complaint) : 환자가 가장 불편하게 느끼고 치료받기 원하는 증상.

18) 병의 원인을 찾아 없애기 곤란한 상황에서, 겉으로 나타난 병의 증상에 대응하여 처치를 하는 치료법. 열이 높을 때에 얼음주머니를 대거나 해열제를 써서 열을 내리게 하는 따위가 이에 속한다. 국어사전.

과적인 치료법이다.

민서의 경우, 병이 오래되고 증상의 정도가 심했기 때문에 이렇게 단계적으로 치료를 진행해야만 한다. 우선 주소증인 실신과 어지럼증을 완화시키고, 이후에 병의 원인인 미주신경을 치료한 후, 마지막으로 약해진 체력을 보충하고 체질을 개선시켰다.

치료가 진행되면서 한 달 만에 민서의 어지럼증은 거의 사라졌다. 하지만 미주신경을 포함한 자율신경계는 완전히 회복되지 않았다. 3개월간 치료를 하고 나니 자율신경수치가 모두 정상으로 돌아왔다. 맥도 편안해지고 힘이 생겼다. 체질이 개선되면서 민서는 생기를 되찾았다. 기운이 생기자 공부에 대한 의욕도 생겨났다.

이후 6개월간 어지럼증과 실신이 재발하지 않는 것을 확인하고 치료를 종료했다. 민서 아빠도 이번 일로 많은 걸 느꼈다고 했다. 앞으로 자신의 꿈이 아닌 민서의 꿈을 응원하겠다고 약속했다.

만약 회사를 그만둔다면 직장인의 직업병은 대부분 사라질 것이다. 사실 수험생 직업병을 치료하는 가장 좋은 방법도 수험생이라는 직장을 그만두는 것이다. 그렇게 1년만 푹 쉬면 웬만한 병은 좋아진다. 하지만 현실적으로 불가능하다. 회사를 그만두고 1년을 쉬는 것도 어렵지만, 입시공부를 1년 쉬고 다시 하는 것은 더 어렵다. 1년을 쉬고 공부하려면 1년이 아니라 2년은 공부해야 한다. 1년을 쉬는 동안 이전에 공부했던 내용을 다 잊어버리기 때문이다.

공부를 그만두는 것이 최선책인데 그럴 수는 없다. 최선이 안 된다면 차선책을 찾아봐야 한다. 공부를 하면서도 아이의 체력이 떨어지지 않게 해주고, 뇌와 미주신경, 오장육부의 기능이 약해지지 않도록 도와주는 것이 차선책이다. 병이 깊어지지 않도록 불편한 증상들은 보이는 즉시 치료해주고, 시험 당일까지 병이 재발하지 않도록 정기적으로 점검과 관리를 해주는 것만으로도 아이는 극한의 수험생활을 훨씬 잘 견뎌낼 수 있다.

수험생 직업병, 가볍게 보면 절대 안 된다. 수험생은 극한직업이다.

수험생에게
꼭 필요한
세 가지 검사

　성인이 되면 1~2년에 한 번씩 건강보험공단에서 건강검진을 받으라는 연락이 온다. 1년 중 아무 때나 가까운 검진센터에서 검사를 받으면 되지만 항상 연말이 다 되어서야 가게 된다. 당장 급한 게 아니라고 생각해서 연말까지 미루다 가는데 검진센터에 가보면 사람이 항상 많다. 다들 생각이 비슷한가 보다.

　검진센터에 들어서는 순간부터 이상하게 마음이 긴장되고 불편하다. 요즘 소화도 안 되고 피곤했는데 혹시 검사에서 큰 병이 나오면 어쩌나 하는 생각에 내심조마조마하다. 검사에서 뭐가 보인다거나 특정 수치가 높아서 다시 한번 검사해보자는 말을 듣기라도 하면 최종 결과가 나올 때까지 걱정으로 밤잠을 설치게 된다. 검사 다음 날부터 '내가 그동안 뭘 잘못했나? 안좋은 걸 너무 많이 먹었나? 너무 과로를 했나? 스트레스가 심했는데 그것 때문인가?' 이런저런 생각에 일이 손에 안 잡힌다.

사실 건강검진은 우리 몸 상태를 주기적으로 점검해주고 병이 있다면 조기에 치료를 받을 수 있게 해주는 좋은 제도다. 일이 바빠 자신의 건강이 어떤지 살펴볼 시간조차 없는 현대인들에게 꼭 필요한 제도라 할수 있다.

우리는 건강검진을 통해 건강에 대한 다양한 정보를 얻을 수 있다. 혈액검사를 하게 되면 고혈압, 당뇨, 고지혈증은 물론, 골다공증, 갑상선 기능 항진증, 빈혈 여부도 체크할 수 있고, 내시경을 통해 위염이나 대장의 용종도 발견할 수 있다. 흉부 X-ray 검사에서 폐렴이나 결핵 같은 질환을 확인할 수 있고, 체지방 검사에서 복부비만이나 과체중 여부도 알 수 있다.

이와 같이 다양한 검사를 해주는데 비용도 무료다. 그런데 대부분의 사람들은 이 좋은 검사를 받는 것을 꺼려한다. 학창시절 공부를 하나도 안했는데 시험을 봐야 할 때와 비슷한 심정일 것이다. 시험지를 받으면 '시험공부를 미리 해놓을 걸'이라는 후회와 '성적이 안 좋게 나오면 어떡하지'라는 걱정이 드는 것처럼, 건강 검진하는 날이 다가오면 평소에 건강관리를 안 한 것에 대한 후회와 검사결과에 대한 걱정이 생긴다.

건강검진에서 주로 검사하는 항목들은 주로 성인들에게 나타나는 질환이다. 당뇨, 고혈압, 고지혈증, 골다공증, 위염, 대장용종, 비만 등이 그것인데 이런 질환들은 성인들이 주로 걸린다고 해서 통칭 '성인병'이라고 부른다. 잘못된 생활습관과 식습관, 직업환경, 과로와 스트레스 등이 오랜 기간 누적되면서 몸에 이상이 생길 때 성인병이 나타난다. 그런데 요즘 이런 성인병이 우리 아이들에게도 나타나고 있다. 왜 성인병이 아이들에게 나타나는 걸까?

요즘 아이들은 예전 우리 때와 여러 가지 면에서 많이 다르다. 입시제도가 복잡해지고 입시경쟁이 치열해지면서 아이들은 아주 어려서부터 학원에 다니기 시작한다. 공부해야 할 과목이 많고 공부 분량도 너무 많아서 또래 친구들과 놀 시간이 없다. 마음껏 뛰놀지 못하다 보니 체력은 약해지고, 입시경쟁에서 쌓인 스트레스를 제대로 풀지 못하니 면역력도 떨어진다. 주위 환경은 어떤가? 미세먼지와 오염물질로 공기는 탁해졌고, 플라스틱 제품이 늘어나면서 환경호르몬과 같은 유해물질이 증가했다. 아이들이 즐겨먹는 인스턴트 음식에도 화학첨가물이 가득하다. 이렇듯 아이들이 접하는 환경은 예전과 확연히 달라졌고 어린 나이부터 스트레스를 심하게 받는다. 좋지 않은 생활습관과 식습관으로 체력은 약해지고 건강상태도 나빠진다. 겉모습은 아이지만 몸 안은 성인과 비슷해진 것이다. 얼마 전까지만 해도 상상할 수 없었던 일이지만 이제는 아이 때부터 성인병을 걱정해야 한다.

'뇌에 이상이 있는 거 아니야?'
'위장에 무슨 문제가 있는 건 아니야?'

아이가 머리가 자주 아프다고 하거나 소화가 잘 안 된다고 하면 주위 사람들이 꼭 하는 이야기다. 그런 이야기를 듣다 보면 슬슬 걱정이 되기 시작한다.

'진짜 뇌에 무슨 이상이 있는 건 아닐까?'
'위에 뭐가 생긴 건 아닐까?'
'검사 한 번 받아봐야 되나?'
'그나저나 큰 병이라고 하면 어떡하지?'

몇 날 며칠을 고민하다가 병원에 가서 내시경 검사와 뇌MRI검사까지 받아보지만 별 이상이 없다고 한다. 의사선생님은 신경성인 것 같다고 하면서 두통약과 소화제만 처방한다. 이상이 없다고 하는데 한편으로는 찜찜하다. 아이는 아파하는데 왜 이상이 없다는 거지?

MRI나 CT, X-ray, 내시경, 초음파 검사로 볼 수 있는 것은 뼈의 골절, 뇌 조직에 생긴 종양, 뇌혈관의 형태, 위장에 생긴 염증이나 궤양, 대장의 용종 등 우리 몸 안의 구조적 이상이나 비정상적인 조직들이다. 이와 같이 병원 영상진단검사에서 병명이 나오려면 이상한 생김새가 눈으로 보여야만 한다.

하지만 기능의 문제는 병원의 검사기기로 잘 보이지 않는다. 뇌세포가 활발하게 활동을 하는지, 뇌의 세포활동으로 생긴 찌꺼기들은 청소가 잘 되는지, 소화액의 분비가 잘 되는지, 위장운동이 정상적으로 되는지, 장 점막이 영양분을 잘 흡수하는지, 간이 피를 깨끗하게 정화시키는지, 몸 안에 들어온 독소를 신장에서 적절히 배출하는지, 위장이나 뇌세포에 혈액공급이 잘 되는지 등은 알 수 없다.

그러므로 병원에서 이상이 없다고 해서 우리 아이에게 진짜 이상이 없다고 생각하면 안 된다. 병원 검사장비에서 검사할 수 있는 항목에서만 이상이 없는 것뿐이다. 아픈데 이상이 없다고 하는 게 더 이상하다. 이처럼 증상이 있는데 병원 검사로 알 수 없다면 기능의 이상을 알 수 있는 검사가 필요하다.

예를 들어 우리 아이가 요즘 소화가 잘 안 되고 입맛이 떨어졌을 때 상복부에 '적외선 체열 진단 검사'를 해볼 수 있다. 적외선 체열 진단 검사는 우리 몸의 온도를 측정해서 어떤 부분에 혈액순환이 안 되는지 볼수 있는 검사다. 소화가 잘 안 되는 아이들을 검사해보면 상복부의 온도가 내려가 있는 경우가 많은데 이는 위장으로 충분한 혈액공급이 안 되고 있음을 의미한다. 위장으로 혈액공급이 안 되면 위장기능이 떨어지면서 소화도 안 되고 입맛도 떨어지게 된다.

또한 아이가 집중력이 떨어지거나 암기력이 떨어지는 경우 뇌파검사를 실시한다. 뇌파검사는 뇌에서 나오는 파형을 측정하여 뇌에 쌓인 스트레스, 뇌기능저하, 좌우 뇌의 불균형, 집중도 등을 살펴볼 수 있다. 스트레스가 많거나 잠을 깊이 자지 못하면 뇌기능이 저하된다. 뇌기능이 저하되면 집중력이 떨어지거나 두통이 생기는 경우가 많다.

우리 아이가 짜증이 많아졌거나 우울해하고 무기력하다면 자율신경검사가 필요하다. 심리적인 문제나 면역력의 저하는 자율신경계의 불균형으로 인해 발생하는 경우가 많다. 목이나 어깨가 잘 뭉치거나 손발이 차고 다리에 쥐가 나는 등 혈액순환이 안 될 때 혈관건강검사를 하게 된다. 혈관을 비롯한 심혈관계가 약해지면 혈액이 정체되고 어혈이 생겨 순환장애가 생긴다.

수험생 아이들에게 나타나는 기능적 이상에 대해 적외선체열검사, 뇌파검사, 자율신경계와 혈관건강검사 등 다양한 검사를 통해 그 원인을 파악할 수 있다. 여기에 진맥[19]을 통해 체력저하 상태를 살피고, 복진[20]과 설진[21]을 통해 기본 체질과 약한 장부를 알아내면 수험생 아이들의 문제는 모두 진단이 가능하다.

어른들만 검진이 필요한 것이 아니다. 수험생 아이들도 검진이 필요하다.

두뇌가 좋아지려면
이것 먼저
확인해보자

1993년 우리나라 프로야구계에 혜성처럼 등장한 선수가 있다. 그는 신인이던 첫해 73개의 도루 신기록을 세우고 다음해 84개의 도루를 성공시켜 자신이 세운 신기록을 다시 갈아치운다. 발이 빠르다는 뜻으로 그에게 '바람의 아들'이라는 별명이 붙여졌다. 그리고 이 선수는 그 해 도루왕뿐만 아니라 4할 타율에 도전한다.

프로야구에서 4할 타율은 10번의 타석에서 4번 이상 안타를 치고 나가야 한다는 뜻이다. 사실 3할만 쳐도 핵심 선수로 인정받는다. 3할5푼을 넘으면 타격왕도 노릴 수 있을 정도니 4할이면 야구의 신이라 할 수 있다. 미국 메이저리그에서도 1941년 이후 80년 동안 4할 타자가 나오지 않았다. 국내 프로야구에서는 원년에 백인천 감독 겸 선수가 4할을 넘겼을 뿐 이후 40년 가까이 단 한 명의 선수도 4할 타율을 달성하지 못했다. 그만큼 어려운 기록이라 꿈의 4할이라고 부른다.

이렇게 대단한 기록에 도전했던 선수는 당시 엄청난 인기를 자랑했던 이종범 선수다. 이종범 선수는 그해 8월말까지 타율이 4할을 넘기고 있었다. 한 달만 있으면 시즌이 끝나기 때문에 조금만 더 페이스를 유지하면 됐다. 야구팬 모두가 이종범 선수의 대기록 달성을 고대하고 있었다.

3할9푼3리. 결과는 실패였다. 마지막 한 달간 3할5푼이라는 높은 타율을 올렸지만 아쉽게도 4할에 미치지 못했다. 은퇴 후 이종범 선수가 방송에 나와서 그 시절 에피소드를 들려주었다. 그 해 여름, 지인이 맛있는 육회를 사주었는데 너무 무더운 날이라 육회를 먹으면서 냉수를 벌컥벌컥 들이켰더니 장염에 걸려버렸다. 복통과 설사가 일주일이나 지속되어 경기 중에도 화장실을 들락거렸고 이후로 컨디션이 떨어져서 실력을 발휘할 수 없었다. 그런 일을 겪고 나서는 육회 먹을 때 냉수를 절대로 안 먹는다고 한다. 그리고 그는 야구선수인 아들에게 기술보다 음식이나 체력관리의 중요성을 더욱 강조한다.

배탈이 나면 운동으로 다져진 튼튼한 몸을 가진 프로선수라도 어쩔 수 없다. 메이저리그에서 아시아 최다승을 달성한 박찬호 선수도 중요한 경기에서 설사 때문에 공을 제대로 못 던진 적이 있었고, 금메달이 걸린 아시안 게임에서 야구대표팀 선수가 식중독에 걸려 경기에 나서지 못하는 경우도 있었다. 이렇듯 아프면 중요한 순간에 자신의 실력을 발휘하지 못한다.

위생이 발달하고 식중독에 대한 경각심이 높아진 요즘은 상한 음식을 먹어서 배탈 설사가 나는 경우는 그리 많지 않다. 그보다는 체질에 안 맞는 음식을 먹어서 탈이 난다. 좋은 음식임에도 장에서 소화를 시키지 못해 문제가 되는 것이다. 그 중 하나가 우유다. 우유에는 성장에 필요한 영양분들이 들어 있어서 대부분 아기 때부터 우유를 먹인다. 초등학교에서도 우유

급식이 나오기 때문에 초등학교 때까지 아이들은 거의 매일 우유를 마신다. 그런데 이런 아이가 사춘기가 지나면서 몸에서 우유를 안 받기 시작한다. 우유를 마시면 배에 가스가 차고 부글부글거린다. 화장실에 가면 묽은 대변이 나오고 어떤 날은 설사도 한다. 처음에는 우유 때문일 거라고 생각하지 못한다. 좋은 음식이고 지금껏 먹으면서 아무 문제가 없었기 때문이다. 그런데 이와 같은 상황을 여러 번 경험하다 보면 원인이 우유임을 알게 된다.

우유를 먹으면 탈이 나는 것을 의학용어로 '유당불내증'이라고 하는데, 우유를 소화시키지 못한다는 뜻이다. 우유 속에 있는 유당성분을 소화하고 흡수하기 위해서는 소장에서 분비하는 유당분해효소가 필요하다. 그런데 이 효소가 나이가 들면서 자연스럽게 줄어든다. 효소가 줄어들면 유당의 분해와 흡수가 충분히 이루어지지 않아 장내에 쌓이게 되고, 장내미생물에 의해 유당이 분해되기 시작한다. 그 과정에서 나온 가스나 대사산물이 장을 자극하여 복부팽만감과 설사, 복통 등을 일으키게 된다. 특히 우리나라를 포함한 아시아인들은 성인의 70~80%가 유당불내증을 가지고 있기 때문에 우유나 유제품을 먹고 탈이 나는 사람들이 많다.

장내미생물이라고 하면 왠지 대장균과 같은 세균이 인체에 기생해서 해를 끼칠 것 같은 이미지가 연상이 된다. 하지만 장내미생물이 나쁜 것만은 아니다. 오히려 건강한 삶을 위해 꼭 필요하다. 우리 장 안에는 다양한 미생물들이 서식하고 있는데, 이들이 일정한 균형을 이룰 때 장이 건강해진다.

균형을 이룬 장내미생물들은 병원성 세균의 침범을 억제하고, 장 표피세포의 손상을 방지하고, 지방이 쌓이는 것을 조절하고, 사람이 스스로 소화하지 못하는 영양분을 분해하여 흡수가 가능한 형태로 전환시키고, 비타민 K의 생산과 철분의 흡수, 장 점막의 면역 증강, 담즙산 대사 등 인체의 전반적인 대사 과정에 직접적으로 관여한다. 이렇게 우리 인간과 장내미생물은 오랫동안 도움을 주고받으며 공존해왔다.

최근 비만, 당뇨, 크론병, 대장암, 류마티스, 자폐증, 치매, 우울증, 불안장애 등도 장내미생물과 연관이 있다는 논문들이 발표되고 있다. 장내미생물의 균형이 깨지거나 항생제나 화학물질들로 인해 유익한 미생물이 사라질 경우, 우리 몸의 다양한 대사기능에 문제가 생기기 시작한다. 이 상태가 지속되면 각종 난치병이 생긴다.

어떤 이유로 장내미생물의 균형이 깨지게 되면 음식의 소화가 충분히 일어나지 못하고 장내에 찌꺼기가 남는다. 이 찌꺼기가 몸 안으로 들어오면 우리 몸에서 독소로 작용한다. 한의학에서는 장내미생물의 불균형으로 인해 생긴 독소 중에서 혈관 안에 있는 독소를 어혈이라 하고, 혈관 밖에 있는 독소를 담음이라고 한다. 이러한 독소가 장과 뇌를 연결하는 미주신경을 자극하면 뇌에 안 좋은 영향을 끼친다. 혈액으로 스며든 독소는 혈관을 타고 전신을 다니면서 문제를 일으킨다. 따라서 전신의 건강을 유지하고 뇌기능을 좋게 하기 위해서는 장내미생물의 균형이 매우 중요하다. 그렇다면 장내미생물의 균형이 깨지는 이유는 무엇일까?

첫째, 체질에 안 맞는 음식을 장기간 먹을 때 문제가 된다. 체질이 안 맞는다는 것은 장에서 그 음식을 소화할 효소를 만들지 못한다는 뜻이다. 분해효소가 없기 때문에 음식이 그대로 장에 남게 되고, 그것을 먹이로 삼는 대장균과 같은 장내미생물이 증가하게 되면서 장내미생물의 균형이 깨지게 된다.

둘째, 장기능이 약해진 것이다. 장기능이 원활해야 장내 온도나 산성도, 습기 등의 장내환경을 일정하게 유지할 수 있고, 장운동을 통해 숙변을 깨끗하게 내보낼 수 있다. 그런데 장기능이 떨어지면 장내 온도가 떨어지거나 숙변이 쌓여서 장내 환경이 달라지게 된다. 그리고 나면 달라진 장내 환경에서 잘 살아남는 미생물만 과도하게 증식하게 되기 때문에 장내미생물의 균형이 깨지게 된다.

아이들의 장이 건강한지 아닌지는 조금만 관심을 가지고 살펴보면 알 수 있다. 정상적인 대변은 몽키바나나 모양이며 황갈색을 띤다. 배변횟수는 사람에 따라 하루 2회에서 주 3회까지는 정상으로 볼 수 있다. 그리고 더욱 중요한 것이 있다. 건강한 대변은 금방 나온다는 것이다. 보고 나서도 시원하다. 배변 후에 잔변감이 있다거나 아랫배가 살살 아프고 묵직하다면 대변의 형태나 횟수 등에 이상이 없더라도 장건강을 의

심해봐야 한다.

　화장실에 오래 앉아 있는 아이들이 있다. 스마트폰을 보느라 그렇다고 한다. 정말 그럴까? 혹시 대변이 잘 안 나온다거나 시원하게 보지 못해서 그 시간 동안 스마트폰을 보고 있는 건 아닐까? 이와 반대로 밥만 먹으면 화장실에 간다거나 수시로 화장실을 찾는 아이들도 있다. 어떤 부모는 대변을 잘 보니 좋은 것 아니냐고 묻는다. 그렇지 않다. 오히려 장이 많이 약해져 있는 것이다. 그래서 음식이 들어오면 장이 예민하게 반응해서 먼저 먹은 음식이 소화가 다 안 되었음에도 밖으로 내보내는 것이다.

　장기능이 떨어지면 단순히 속만 불편한 것이 아니다. 아이의 뇌기능도 함께 떨어진다. 아이에게 위와 같은 모습이 관찰된다면 장기능을 검사할 필요가 있다.

수험생 체질별 맞춤 치료의 중요성

막노동을 하던 25살 청년이 서울대학교에 수석으로 합격하고 말했다.

"공부가 가장 쉬웠어요."

이 청년의 집안은 너무나 가난했다. 집안의 생계를 책임져야 했던 그는 어릴 때부터 막노동을 해야만 했다. 그러다 보니 고등학교 때까지 공부라는 걸 제대로 해 본 적도 없었다. 그런 그가 꿈을 포기하지 않고 몇 년을 지독하게 공부해서 최고의 결과를 만들어 냈다.

힘겨운 시절을 버티고 꿈을 이뤄낸 그의 모습은 많은 사람들에게 희망과 감동이 됐다. 그때로부터 25년이 지난 지금도 그의 말은 언제나 나에게 신선한 자극이 된다.

당시에도 지금처럼 사교육을 받지 않고는 서울대에 가기 어렵다는 생각이 팽배했다. 그런데 이 청년은 낮에는 막노동을 하고 밤에는 공부를 하면서 자신만의 힘으로 서울대에 수석으로 합격했다. 기적과도 같은 일이었다. 이후로 이 청년에 대한 관심이 고조되었고 신문과 뉴스는 관련 기사로 도배되었다. 그가 쓴 책은 베스트셀러가 되어 날개 돋친 듯이 팔려나갔고, 그 덕분에 막노동을 하지 않고도 대학등록금과 생활비를 마련할 수 있었다.

매년 수능이 끝나고 나면 항상 나오는 뉴스가 있다. 바로 수능 만점자에 대한 이야기다. 그 많은 과목에 그 많은 문제를 단 한 문제도 틀리지 않는 수험생이 매년 존재한다는 건 정말 놀라운 일이다. 그들에게는 정말로 공부가 세상에서 가장 쉬웠나 보다.

부모는 뉴스를 보며 우리 아이도 저랬으면 좋겠다는 희망을 품어본다. 하지만 현실은 냉정하다. 몇십 만명 중 한 명꼴이니 사실 확률적으로 불가능에 가깝다. 그럼에도 그 꿈을 놓지 못하는 것은 우리를 자극하는 엄친아가 주위에 존재하기 때문이다. 모든 걸 다 잘하는 비현실적인 엄마 친구 아들 때문에 오늘도 부모와 아이들은 스트레스를 받는다.

그 아이들은 왜 그렇게 공부를 잘할까? 우리 아이도 다른 아이들처럼 좋은 교육환경에 해달라는 건 다 해주었는데 성적은 왜 그대로일까? 우리 아이를 보고 있으면 답답하고 속이 부글부글 끓어오른다. 또 한편으로는 어떻게 하면 옆집 엄친아처럼 공부를 잘 할 수 있는지 참 부럽고 궁금하다. 수능 만점자나 엄친아는 도대체 어떤 체질일까? 공부체질일까?

나는 한의사이다 보니 체질에 관심이 많아서 매년 수능만점을 받은 아이들을 유심히 본다. 인터뷰 기사도 꼼꼼히 읽어 보고 사진을 통해 얼굴과 체형도 보면서 어떤 공통점이 있는지 체크한다. 결론부터 이야기하면 수능 만점자들 사이에 체질적인 공통점을 찾지 못했다. 특정 체질이 공부를 잘한다거나 특정 체질이 공부머리가 없다는 것이 밝혀지면 아이에 대한 불필요한 욕심을 버릴 수 있을 텐데 안타깝게도 체질별로 공부를 잘하고 못하고는 없는 듯하다.

공부는 타고난 머리나 기질보다 후천적으로 만들어진 사고방식이나 태도에 더 큰 영향을 받는다. 아이들이 자라오면서 습득한 절제력, 자신감, 융통성 등이 그것이다. 「마시멜로 이야기」[22]에 나오는 것처럼 목표를 이루기 위해 절제를 해본 경험이 있는 아이들이 공부의 고단함을 참을 줄 안다. 작은 것이라도 도전해서 성취해 본 경험이 많은 아이들은 내면에 자신감이 있다. 그래서 당장 성적이 안 나오더라도 좌절하지 않는다. 융통성을 가진 아이들은 성적이 안 나올 때 자신만의 스타일이나 공부방식을 고집하기보다 스스로의 문제점을 발견하고 빠르게 고쳐 나간다.

아이들의 사고방식이나 태도가 후천적으로 만들어

---

22) 호아킴 데 포사다, 엘런 싱어 저. 2005. 마시멜로는 인간이 가질 수 있는 유혹이고, 이러한 마시멜로의 유혹을 참아내야 미래의 성공으로 갈 수 있음을 이야기 형식으로 풀어나간 책.

지는 것이라면 우리 아이도 공부를 잘 할 수 있다. 아이가 서툴고 잘 못하더라도 인내심을 가지고 지켜보고, 결과가 100% 만족스럽지 않더라도 잘한 점을 찾아서 칭찬해 줄 때 아이는 자신감을 갖는다. 아이가 고집을 부리는 이유가 다른 방법을 몰라서 그런 거라면 억지로 끌고 가기보다 부드럽게 조언을 해줌으로써 스스로 생각을 바꾸게 할 수 있다. 부모가 먼저 조급한 마음을 내려놓고 아이에 대한 믿음을 가지고 함께 만들어간다면 아이들은 달라진다.

그런데, 아이가 이처럼 좋은 생각과 태도를 가지고 있더라도 아프면 답이 없다.

아이가 감기를 달고 산다면, 소화가 안 돼서 먹지를 못해 힘이 하나도 없다면, 자꾸 배가 아프다고 하고 화장실에 들어가 나오지 않는다면, 생리통이 심해서 며칠을 누워있어야 한다면, 머리가 깨질 듯 아프고 자꾸만 어지럽다고 한다면, 자신의 공부재능을 마음껏 발휘할 수 없다.

아이가 아픈데도 공부를 잘하길 바라는 건 복권도 안 사고 로또에 당첨되길 바라는 것과 같다. 성적이 오르는 건 고사하고 안 떨어지면 다행이다. 아이의 생각이나 태도도 중요하고 주변 환경이나 분위기도 중요하지만, 공부를 잘 하기 위해 가장 중요한 것은 역시 아이의 건강과 체력이다.

"아프고 나서 치료하는 의사는 하수고, 아프기 전에 치료하는 의사가 고수다."

한의학 서적에 보면 전설의 명의 화타가 등장한다. 화타는 중국 한나라 사람으로 침과 한약뿐만 아니라 외과수술까지 두루 능통했다고 전해진다. 화타의 의술이 너무 유명해지자 어느 날 황제가 불렀다.

"듣자 하니 그대는 못 고치는 병이 없다고 하던데, 어찌하여 병을 그리 잘 고치는가?"

그러자 화타가 대답했다.

"과찬의 말씀입니다. 저의 의술은 제 형님과 비교해 한참 부족합니다."
"형님은 겉으로 건강해 보이지만 앞으로 큰 병을 앓

을 환자를 미리 알아보고 생활습관을 교정해줍니다. 병의 조짐이 보이면 병이 더 커지지 않게 미리 치료해줍니다. 덕분에 그 환자는 아프지 않고 평생을 건강하게 살게 됩니다. 하지만 크게 아픈 적도 없고 간단한 치료로 금방 낫다 보니 자신이 얼마나 큰 병을 앓을 뻔했는지 모릅니다."

그런데 환자도 하수와 고수가 있다는 걸 아는가? 병의 조짐을 알아차리고 좋은 의사를 빨리 찾는 환자가 진정한 고수다.

아이가 피곤해하거나 입맛이 없어 밥을 잘 안 먹는다면 몸에서 경고 신호를 보내는 것이다. 아프지 않더라도 이런 조짐이 보일 때 미리 치료를 해야 한다. 조짐이 보인다는 건 우리 아이의 공부효율이 이미 100%가 아님을 의미한다. 조짐을 무시하다가 두통이나 소화불량, 과민성대장증후군과 같은 병으로 발전한다면 50% 효율도 내기 어렵다. 이는 옆집 엄친아는 1시간이면 되는데, 우리 아이는 2시간 넘게 책을 붙잡고 있어야 한다는 뜻이다.

아프기 전에 미리 치료하려면 체질을 알아야 한다. 체질을 고려하지 않는 치료는 초반에 반짝 효과가 있는 듯하다가 다시 재발하거나 부작용이 생긴다. 예를 들면 몸이 건조한 체질인데 비염 초기에 콧물이 난다고 콧물을 말리는 항히스타민제 같은 약만 쓰면 콧물은 마르지만 체내의 진액도 함께 마르면서 건조성 비염으로 진행된다. 소화기가 약한 체질인데 소화기능을 고려하지 않고 진하게 달인 보약을 먹이면 몸이 좋아지기는커녕 약을 소화시키지 못해 설사가 나고 기운이 빠진다.

프로 운동선수들은 시즌 내내 최상의 컨디션을 유지하기 위해 엄청나게 신경을 쓴다. 본인의 몸에 맞게 운동을 하고 체질에 맞는 음식과 보약을 챙겨먹는다. 미세한 컨디션의 차이가 결과에서 큰 차이를 만드는 것을 알기 때문이다. 이들에게는 단지 아프지 않는 게 중요한 것이 아니다. 컨디션이 1%라도 떨어지지 않게 하는 것이 훨씬 중요하다. 아무리 재능이 있고 실력이 좋아도 자주 아프거나 부상을 당하면 특급 선수가 되지 못한다. 특급 선수는 실력이 좋은 선수가 아니라 몸 관리를 잘하는 선수다.

수험생도 마찬가지다. 공부시즌 내내 최고의 컨디션을 유지하는 것이 중요하다. 그러기 위해 체질에 맞게 몸 관리를 해주고 아프기 전에 치료를 해주어야 한다. 지금 아프지 않다고 만족하면 안 되고 지금 컨디션이 좋다고 방심해서도 안 된다. 아이가 별 말을 안 한다고, 병원 검사에서 이상이 없다고 안심해서도 안 된다. 과도한 입시경쟁 속에서 아이들의 체력과 면역력은 금새 바닥난다.

공부의 진정한 고수는 마지막까지 최고의 컨디션을 유지하는 사람이다. 아프고 수능만점 받은 아이는 지금껏 본 적이 없다.

수험생과
국가대표선수
관리의 공통점

매년 새해가 되면 정동진 바닷가는 해돋이 구경을 하는 사람들로 장사진을 이룬다. 깜깜한 수평선에서 붉게 떠오르는 해를 바라보며 새해 소원을 빌고 알찬 계획도 세운다. 어떤 분들은 올해 술 담배를 꼭 끊겠다 다짐을 하고, 어떤 분들은 매일 아침 영어공부를 하기로 계획을 세운다. 여기에 새해 계획의 단골손님인 다이어트와 운동도 빠질 수 없다.

그런데 대부분 작심삼일로 끝난다. 매년 해돋이를 바라보며 원대한 목표를 세우고 새로운 마음으로 시작하지만, 며칠만 지나면 원래 모습으로 돌아간다. 외국어 학원 새벽반을 끊어놓고 몇 번 다니다가 피곤해서 안 가게 된다. 다이어트 하겠다고 헬스장까지 등록했는데 오늘까지 먹고 내일부터 빼자는 마음을 이기지 못한다. 매번 무너져 내리는 새해 계획. 그래서 매년 정동진이 북적인다.

시험을 준비하는 수험생들도 새해가 되면 공부계획을 세운다. 과학고나 자사고에 가려는 중학생부터 대입을 준비하는 고등학생, 편입이나 유학을 준비하는 대학생, 임용고시나 국가고시를 앞둔 대학졸업생까지, 시험을 앞둔 수험생들은 비장한 각오로 새해를 맞이한다.

그중에서 사회적으로 가장 이목이 집중되는 시험은 대학 입시다. 매년 4~50만명의 아이들이 모여 그동안 갈고 닦았던 실력을 겨룬다. 아이들의 미래가 달린 중요한 시험이기 때문에 수능이 다가오면 길거리엔 긴장감마저 감돈다. 매년 수능 시험날 아침이면 뉴스에 단골로 등장하는 장면들이 있다. 지각한 아이들을 경찰차로 실어 나르는 모습, 시험장으로 헐레벌떡 뛰어

들어가는 아이들, 교문 주위에서 학교 선배의 합격을 큰소리로 응원하는 후배들, 그 뒤로 자식들이 시험을 잘 보기를 두 손 모아 기도하는 부모님들의 모습이 파노라마처럼 펼쳐진다. 정부에서도 수험생들이 지각하지 않도록 직장의 출근 시간도 늦추고, 듣기 시험에 방해가 될까 봐 비행기 이착륙이나 군사훈련까지 중단시키는 걸 보면 우리나라에서 대학입시가 차지하는 비중이 얼마나 큰지 알 수 있다.

대학입시가 이렇게 중요하다 보니 많은 부모들이 일찍부터 아이들 교육에 관심을 쏟는다. 대입을 위해 중학교부터 고등학교 내신 과목을 선행학습 시킨다. 경쟁이 치열해지면서 초등학교 저학년 때부터 공부를 시작하는 아이들도 늘고 있다. 이제는 대학입시 준비 기간이 고등학교 3년이 아니라 초등학교부터 12년이라고 봐도 무방하다.

중·고등학생이 다니는 학원에 가보면 벽면 게시판에 입시 계획이 빽빽하게 적혀있다. 선행학습으로 기본 진도를 나가고, 중간이나 기말시험이 다가오면 별도의 일정을 잡아서 집중적으로 내신 공부를 시키고,

방학이면 특강을 만들어서 아이에게 부족한 부분을 보충해준다. 어떤 학원은 숙제를 다 하기 전에는 집에 가지 못하게 하기도 하고, 수업하기 전에 예습을 꼭 해 오게 하는 학원도 있다. 이렇게 빡빡하게 스케줄을 세워주고 공부를 시키니 공부가 하기 싫어도 할 수밖에 없다.

그런데 우리는 아이의 학원 스케줄을 챙기는 것처럼 아이의 건강스케줄도 잘 챙기고 있을까?

학원스케줄과 공부스케줄은 빡빡하게 짜 놓았는데 몸이 못 따라간다면 낭패가 아닐 수 없다. 누구나 알다시피 원하는 성적을 받으려면 아침부터 밤늦게까지 의자에 엉덩이를 붙이고 앉아있어야 하고 하루 종일 두뇌를 풀가동해야 한다. 이를 위해 필요한 것은 지칠 줄 모르는 체력과 아프지 않은 건강한 몸이다.

공부를 할 때 계획을 세우고 하는 것과 무작정 하는 것은 하늘과 땅 차이다. 건강관리도 마찬가지다. 그때 그때 즉흥적으로 몸에 좋다는 것을 먹는 것과 수험 기간의 처음부터 마지막까지 스케줄에 맞춰 체계적으로 관리하는 것은 그 결과가 다를 수밖에 없다. 체력과 집중력이 필요한 시험기간, 체질적인 약점을 보완해야 하는 방학기간, 감기나 배탈이 잘 생기는 환절기, 긴장이 극에 달하는 고3시기 등 때에 맞는 건강관리는 1점이 당락을 가르는 대학입시에서 절대로 중요하다.

지금부터 대학 입시에서 가장 중요한 고등학교 시기의 건강관리 스케줄에 대해 알아보자.

<고1, 2학년의 바람직한 건강관리 사이클>

고등학생에게 방학은 매우 중요하다. 방학은 부족한 과목을 집중적으로 공부할 수 있는 시기다. 건강도 마찬가지다. 평소에 체질적으로 약한 부분을 치료해서 학기 중에 아프지 않게 예방하는 것이 중요하다.

예를 들어,

1. 추위를 심하게 타서 무릎 담요를 덮어야만 공부를 할 수 있다.

2. 조금만 신경써도 체하거나 배가 아프다.

3. 생리통이 심해서 며칠은 누워있어야 한다.

4. 앉았다 일어나면 눈앞이 아찔하거나 어지러워서 휘청거린다.

5. 머리가 자주 아파서 두통약을 많이 먹는다.

6. 환절기만 되면 비염으로 고생한다.

우리 아이에게 위와 같은 증상이 있다면, 방학 때 집중적으로 치료해서 일정수준 이상으로 올려놓아야 한다. 그렇지 않으면 학기 중에 피로가 쌓일수록 증상이 심해지게 된다.

고1, 2학년의 경우 학기가 시작되면 7~8주마다 중간고사 및 기말고사를 보게 된다. 내신을 준비할 때 보통 한 달 전부터 공부를 시작하는데 학교와 학원 스케줄이 있기 때문에 저녁부터 공부를 시작하면 밤 늦어서야 공부가 끝나게 된다. 수면이 부족해지기 때문에 피로가 누적될 수밖에 없다. 피로가 며칠간 지속되면 졸음을 참기 힘들어진다. 졸음을 이겨내더라도 집중력이 떨어져 멍한 상태가 되기도 한다. 이러면 공부한 시간에 비해 성과가 별로 없게 된다. 따라서 시험공부에 집중하는 시기에는 지속적으로 피로를 풀어주어야 한다.

아이들이 실제 시험을 보는 기간은 3~5일 정도인데 이 때는 집중력이 관건이다. 열심히 한 달간 준비했는데 막상 시험을 볼 때 알고 있는 답이 안 떠오르거나, 지문을 읽는데 집중이 안 된다면 큰 낭패가 아닐 수 없다. 우리 아이가 이런 경험이 있다면 시험기간 동안 집중력을 높여주는 것이 꼭 필요하다.

<고3학년의 바람직한 건강관리 사이클>

고3이 되면 시간이 촉박해진다. 수시를 준비하는 경우 여름방학 전까지 수시를 위한 모든 준비를 마쳐야 하고 여름방학에는 자기소개서를 작성해야 한다. 이후로 수능, 논술, 면접, 실기시험 등 중요한 일정이 줄줄이 있기 때문에 1년 내내 긴장감은 고조되고 심리적으로 불안해진다. 정시 준비생도 마찬가지다. 3개월 단위로 중요한 평가원 모의고사를 치르게 되는데 수능이 다가올수록 긴장감은 높아만 간다. 이렇게 긴장

상태가 지속되면 자율신경계에 이상이 생기면서 가슴이 답답하고 한숨이 많아지게 되고, 심장이 두근거리고 숨을 깊이 들이쉬지 못하게 된다. 심한 경우 잠을 못 자고 악몽을 꾸기도 한다. 이 시기에는 자율신경계를 조절해서 긴장되고 불안한 마음을 안정시켜주는 것이 필요하다.

또한 고3은 모든 에너지를 전부 쏟아 부어야 하는 시기다. 체력이 부족해질 수밖에 없고 체력이 떨어지면 집중력도 약해질 수밖에 없다. 이렇다 보니 막판에 갑자기 아파서 그동안 쌓아왔던 공든 탑이 허무하게 무너지는 경우가 생긴다. 따라서 고3 때는 1년 내내 체력과 면역력이 잘 유지될 수 있도록 신경을 써줘야 한다. 또한 평소 체력이 약하고 잔병치레가 많은 아이라면 고3이 되기 전에 적극적으로 치료해주는 것이 무엇보다 중요하다.

학창시절을 되돌아보면 중요한 시험을 앞두고 나를 가장 힘들게 한 것은 질병과 체력저하였다. 며칠 공부가 잘 된다 싶어 속도를 내면 얼마 못 가서 아프기 시작했다. 공부 초반에는 새벽에 일어나서 공부를 시작했지만 한 달도 가지 못해 아침에 피곤해서 일어날 수 없었다. 자꾸 아프고 체력이 달리다 보니 빽빽하게 세워놓은 공부스케줄을 따라갈 수가 없었다. 환절기 때마다 찾아오는 비염과 시험 때마다 불안하게 만드는 과민성대장증후군, 조금만 신경을 쓰면 멈추는 위장, 막판 스퍼트를 해도 모자를 판에 막판 슬럼프를 만드는 허약한 체력, 시험만 다가오면 슬그머니 올라오는 시험불안. 이런 것들과 정신없이 싸우다 보니 어느새 시험이 코앞에 다가와 있었다. 그래서 시험을 보고 나면 항상 후회와 아쉬움이 밀려왔다.

'아프지만 않았다면'
'체력만 좀 더 받쳐줬다면'

오랜 기간 시험준비를 해본 사람이라면 충분히 공감이 될 것이다. 내가 만약 공부스케줄을 뒷받침해 줄 제대로 된 수험생 건강관리스케줄을 세웠다면 이와 같은 후회는 없었을 것이다.

4년마다 세계인의 축제인 올림픽이 열린다. 각 나라의 대표 선수들이 모여 그동안 갈고 닦은 실력으로 자웅을 겨룬다. 올림픽에서 메달을 따기 위해 선수들은 4년간 피땀을 흘리고 모든 힘을 쏟아붓는다. 이들을 위해 나라에서도 4년 동안 최고의 코치와 최고의 시설과 최고의 식단을 제공해주고 최고의 주치의가 붙어서 체력과 건강을 관리해준다. 이 모든 것이 최고의 성적을 올리기 위해서다. 우리 아이들도 마찬가지다. 3년 뒤 벌어지는 입시에서 최고의 성적을 올리려면 남들보다 많은 피땀을 흘려야 한다. 그리고 이 혹독한 시기를 버티기 위해 공부스케줄뿐만 아니라 건강관리스케줄도 철저하게 세우고 이행해야 한다.

이제는 건강스케줄 관리도 실력이다.

1등급UP 공부팁

- 입시공부를 1년 쉬고 다시 하는 것은 더 어렵다. 1년을 쉬고 공부하려면 1년이 아니라 2년은 공부해야 한다. 1년을 쉬는 동안 이전에 공부 했던 내용을 다 잊어버리기 때문이다.

- 공부를 잘하는 방법은 간단하다. 우선 개념을 이해하고, 기본문제를 풀고, 그 다음에 응용문제를 풀어보면서 모르는 부분은 기본개념을 다시 살펴보는 것이다. 시험을 보고 나서는 꼭 당일에 오답풀이를 한다.

- 공부에서 가장 힘든 것 중 하나는 지루함이다. 같은 내용을 반복해서 보다 보면 나중에는 책을 펼치기조차 싫어진다. 한 번 풀어본 문제는 틀린 문제임에도 다시 풀고 싶지 않다.

- 낯선 것이 많아질수록 거부감은 점점 커지게 된다. 이를 견디지 못한 아이는 결국 수포자가 되고 만다.

- 아이들의 뇌는 스트레스를 풀기 위해 익숙하면서도 새로운 자극을 주는 것에 빠지게 된다. 게임이나 유튜브가 바로 그것이다.

- 공부는 타고난 머리나 기질보다 후천적으로 만들어진 사고방식이나 태도에 더 큰 영향을 받는다. 아이들이 자라오면서 습득한 절제력, 자신감, 융통성 등이 그것이다.

- 아이가 서툴고 잘못하더라도 인내심을 가지고 지켜보고, 결과가 100% 만족스럽지 않더라도 잘한 점을 찾아서 칭찬해줄 때 아이는 자신감을 갖는다.

- 아이가 고집을 부리는 이유가 다른 방법을 몰라서 그런 거라면 억지로 끌고가기보다 부드럽게 조언을 해줌으로써 스스로 생각을 바꾸게 할 수 있다.

- 부모가 먼저 조급한 마음을 내려놓고 아이에 대한 믿음을 가지고 함께 만들어 간다면 아이들은 달라진다.

- 특급선수는 실력이 좋은 선수가 아니라 몸관리를 잘하는 선수다.

- 공부의 진정한 고수는 마지막까지 최고의 컨디션을 유지하는 사람이다.

- 공부를 할 때 계획을 세우고 하는 것과 무작정 하는 것은 하늘과 땅 차이다. 건강 관리도 마찬가지다. 이제는 건강 관리와 스케줄 관리도 실력이다.

- 수험생직업병은 질병이다. 과도한 입시경쟁에서 오는 피로와 스트레스로 인해 뇌와 미주신경이 약화되고 오장육부의 기능이 떨어지면서 다양한 증상들이 나타나는 것이다.

- 미주신경성 실신은 지속적인 스트레스로 인해 미주신경에 이상이 생기면서 심장박동을 조절하는 신경이 혈압과 심장박동을 떨어뜨려 순간적으로 뇌에 혈액공급이 안 되는 질환을 말한다.

- 원인을 제거하고 나서는 반드시 체력보강과 체질개선을 해주어야 한다. 질병과 싸우느라 약해진 몸을 건강한 상태로 회복시키고, 타고난 체질적인 약점을 보완해야만 질병의 재발을 막을 수 있기 때문이다.

- 병이 깊은 경우, 한 번에 치료가 안 된다. 1단계로 주소증을 치료하고, 2단계로 원인을 제거하고, 3단계로 체질을 개선하는 것이 가장 빠르고 효과적인 치료법이다.

- 요즘 성인병이 우리 아이들에게도 나타나고 있다. 겉모습은 아이지만 몸 안은 성인과 비슷해진 것이다.

- 병원에서 이상이 없다고 해서 우리 아이에게 진짜 이상이 없다고 생각하면 안 된다. 아픈데 이상이 없다고 하는 게 더 이상하다.

- 뇌에서 받는 스트레스는 뇌에서 끝나지 않는다. 스트레스는 신경을 타고 몸으로 전해진다.

- 우리 장 안에는 다양한 미생물들이 서식하고 있다. 이들이 일정한 균형을 이룰 때 장이 건강해진다.

- 체질에 안 맞는 음식을 장기간 먹을 때 문제가 된다.

- 건강한 대변은 금방 나온다. 보고 나서 시원하다.

- 장기능이 떨어지면 속만 불편해지지 않는다. 아이의 뇌기능도 함께 떨어진다.

- 병의 조짐을 알아차리고 좋은 의사를 빨리 찾는 환자가 진정한 고수다.

- 조짐이 보인다는 건 우리 아이의 공부효율이 이미 100%가 아님을 의미한다.

- 아프기 전에 미리 치료하려면 체질을 알아야 한다.

꿈을 이룬
아이들

6

SKY 합격,
해법은
따로 있다

시험을 많이 보다 보면 감이 생긴다. 단순한 시험 스킬을 말하는 것이 아니다. 공부가 깊어지면 처음에는 안 보이던 것들이 보인다는 뜻이다. 처음에는 외운 공식에 대입해서 눈앞에 문제를 푸는데 급급했다면, 나중에는 출제자의 의도가 보이기 시작한다. '이 문제는 이 개념을 물어본 거네.', '이 문제는 세 가지 개념을 다 알아야 풀 수 있도록 했네.' 이런 수준이 되면 아무리 어려운 '킬러 문제'가 나와도 당황하지 않게 된다. 공식이나 스킬에 의존해서 문제를 푸는 수준을 넘어서 여러 개념을 하나로 연결해서 푸는 레벨까지 올라갔기 때문이다.

물론 이렇게 되려면 많은 시간과 노력이 필요하다. 다양한 문제를 접해야 하고 한 문제를 풀더라도 깊이 생각해야 한다. 각각의 개념을 완전히 이해하고 내 것으로 만들었다고 하더라도 성적이 바로 오르는 것은 아니다. 음식이 맛있어지기 위해서 다양한 양념이 재료에 스며드는 숙성 과정이 필요하듯, 성적이라는 맛을 내려면 개별적인 이해가 하나로 융합되는 숙성의 기간이 필요하다. 그렇게 숙성의 과정을 거치고 나서야 감이 생기고 성적도 한 단계 올라간다.

그렇게 어렵게 감을 잡았더라도 공부하지 않고 며칠만 지나면 감을 잊어버린다. 안타깝게도 우리 뇌는 기억력이 그리 좋지 못하다. 즐겁거나 행복했던 기억은 그나마 오래 가지만 무미건조하고 재미도 없는 공부지식은 금방 잊혀진다. 그래서 공부는 힘들다. 잊어버리지 않기 위해서 수없이 반복해야 하니까.

성적을 올리는데 쉬운 지름길은 없다. 절대적인 시간이 필요하고 무한 반복의 노력이 필요하다. 공부머리가 있어도 이런 시간과 노력이 없으면 성적은 올라가지 않는다. 토끼와 거북이에 나오는 거북이처럼 꾸준히 반복하는 사람이 결국 성공한다. 이렇게 꾸준히 하기 위해 가장 중요한 포인트는 뭘까?

바로 큰 뜻을 품는 것이다. 스스로 정한 뚜렷한 삶의 목표가 있으면 힘든 과정을 이겨낼 수 있다. 나도 서울대와 한의대라는 커다란 목표가 있었기 때문에 힘들고 지루한 시간을 이겨낼 수 있었다. 중간에 극심한 슬럼프가 오고 성적이 안 나와 포기하고 싶었지만 목표를 떠올리며 다시 시작할 수 있었다. 공부를 하다 보면 누구나 똑같은 상황을 겪는다. 비록 지금은 아득하게 느껴지고 실현될 가망이 없어 보이더라도 큰 뜻을 품고 꾸준히 나아간다면 마침내 그 뜻을 이루게 된다.

🕊 치료케이스 시험보다 잠든 윤정이

고등학교에 진학한 윤정이는 공부욕심이 많은 아이다. 중학교 때 늘 상위권이었고 고등학교에 올라와서 첫 모의고사도 잘 봤다. 목표도 뚜렷했다. 중학교 때부터 SKY에 가기로 뜻을 품었다. 그런데 고1 중간고사 마지막 날, 윤정이는 시험을 보다가 잠이 들어 버렸고 생각지도 못한 성적을 받게 되었다.

윤정이는 속상한 마음에 엉엉 울었고, 이 이야기를 들은 윤정이 엄마와 아빠는 충격을 받았다. '아이가 어디 아픈 것은 아닐까?' 걱정이 됐다. 한편으론 이해가 되지 않았다. '어떻게 시험을 보다가 잠이 들 수가 있지?' 그리고 덜컥 겁이 났다. '혹시 정신적으로 이상이 생긴 건 아닐까?'

윤정이와 이야기를 나눠보니 정신적인 문제는 아니었다. 엄마는 아이가 특정 굿즈에 집착해서 용돈을 다 써버리는 게 이상하다고 걱정했다. 하지만 어른들도 쇼핑으로 스트레스를 풀듯이, 공부에 지친 아이들도 좋아하는 굿즈를 사면서 스트레스를 풀 수 있다.

윤정이가 잠에 드는 원인은 다른 곳에 있었다. 긴장이 되면 일반적으로 잠이 오지 않는다. 전날 공부하느라 밤을 세웠더라도 시험 보는 순간에는 정신이 드는 것이 보통이다. 시험 보는 도중에 의지와 상관없이 잠이 들어버린다면 신체적인 이상을 살펴보아야 한다. 그중에서도 특히 뇌기능이나 자율신경계의 문제를 의심해볼 필요가 있다. 뇌와 자율신경계가 수면과 각성을 조절하기 때문이다.

윤정이는 검사 결과 뇌기능이 많이 약해져 있었고, 자율신경계의 균형이 깨져 있었다. 윤정이는 꿈과 현실의 괴리에서 극심한 스트레스를 받고 있었다. 중학교와 확연히 다른 공부량은 윤정이에게 큰 부담으로 다가왔고, 자신감이 점점 떨어졌다. 성적에 대한 불안으로 밤에 잠이 오지 않아 스마트폰을 보다가 새벽에 잠에 들곤 했다. 학교에 등교하기 위해 억지로 아침에 일어났지만 학교에 안 가는 날이면 점심때까지 일어나지 못했다. 이처럼 불규칙한 생활패턴이 계속되면서 생체 리듬이 깨지고 피로가 누적되면서 뇌 기능과 자율신경계까지 문제가 생긴 것이다.

윤정이는 자율신경계의 균형을 회복시키고 뇌기능을 정상화시 키는 치료를 시작했다. 체력이 너무 떨어져 있어서 체력을 보충하 는 보약을 함께 써야만 했다. 보약을 쓸 때 중요한 점이 있다. 아이 의 소화기능을 살피는 것이다. 이 부분을 간과하면 문제가 생긴다.

아이가 피곤하고 입맛이 없다고 해서 몸에 좋다는 한약재를 듬 뿍 넣어서 보약을 지어 먹였는데 아이가 잘 먹지를 않아서 버리 는 경우가 많다. 비싼 돈을 들였는데 효과를 못 보니 속상한 마음 이 든다. 이런 일이 몇 번 반복되면 아이한테 한약이 안 맞는 것 같은 생각도 든다. 정말 그런 것일까?

아이가 한약을 못 먹는 이유는 아이의 소화기능을 고려하지 않 고 약을 지었기 때문이다. 입맛이 없고 음식을 조금밖에 안 먹는다 는 것은 위장의 소화력이 떨어졌다는 신호다. 음식이 들어와도 소 화를 시킬 수 없을 때 우리 몸은 음식이 들어오지 못하도록 자동적 으로 입맛을 떨어뜨린다. 그래야 위장이 쉬면서 회복할 수 있기 때 문이다.

이렇게 소화력이 떨어져 있을 때는 아무리 좋은 보약도 위장에 서 흡수가 안 된다. 먹으면 설사를 하거나 체기가 생긴다. 속이 불 편한데 영양이 필요하다고 삼겹살을 먹이는 것과 비슷하다. 보약을 먹고 기운이 나는 것이 아니라 오히려 기운이 빠지는 것이다. 따라서 소화력이 약한 아이에게는 보약을 쓰더라도 위장을 치료하는 약을 함께 써주어야 한다. 위장을 치료하는 한약은 연하고 단맛이 나면서 부드럽다. 그래서 비위가 약한 아이들도 잘 먹는다.

소화기가 약한 아이들은 체력보충도 느리다. 남들보다 에너지가 부족하기 때문에 쉽게 지치고 병도 잘 걸린다. 그래서 각별히 관리를 해줘야 한다. 항상 소화가 잘 되는 부드럽고 담백한 음식을 먹고, 자극적이거나 소화가 잘 안 되는 음식을 가급적 피해야 한다. 입에서 당기더라도 먹고 나서 탈이 나 후회하게 된다. 또한, 소화기능이나 체력이 떨어지는 느낌이 든다면 다시 검사를 해보는 것이 좋다. 초기에 치료를 하면 빨리 정상으로 회복되지만 소화력이나 체력이 많이 떨어진 상태로 오면 다시 처음부터 긴 시간 치료해야 한다.

겉으로 드러난 윤정이의 증상은 시험 도중에 잠이 들었다는 것이었지만, 원인은 약해진 뇌기능과 자율신경계에 있었다. 게다가 스트레스와 피로누적으로 인해 체내 에너지가 모두 고갈되어 있었기 때문에 이 상태로 가다가는 기면증[23]이나 미주신경성 실신[24]

---

23) 기면증(嗜眠症) : 밤에 잠을 충분히 잤어도 낮에 갑자기 졸음에 빠져드는 증세. 두산백과.

24) 미주신경성 실신(Vasovagal Syncope) : 실신의 가장 흔한 유형으로 신경심장성 실신이라고도 하며, 혈관의 확장과 심장서맥으로 야기된 저혈압과 뇌혈류 감소에 의한 반응으로 초래된 실신. 서울대학교병원 의학정보.

으로 병이 진행될 수 있었다. 그렇게 되면 윤정이가 원했던 SKY의 꿈은 점점 멀어질 수밖에 없다.

기말시험 기간이 다가왔다. 치료하면서 윤정이 몸 상태와 검사 결과가 모두 좋아지고 있었기 때문에 크게 걱정하지는 않았다. 윤정이는 졸지 않고 시험을 잘 치렀고 만족할만한 성적을 받았다. 그래서인지 표정도 많이 밝아졌다. 그렇게 생기를 되찾은 윤정이는 다시 마음을 잡고 공부하기 시작했고 목표를 향해 순항 중이다.

'리비히의 최소량의 법칙'이 있다. 나무통의 법칙이라고도 한다. 길이가 다른 나무판자로 엮인 드럼통에 들어갈 수 있는 물의 높이는 통을 둘러싼 가장 작은 나무판자의 길이로 결정된다는 것이다. 성적도 마찬가지다. 성적을 구성하는 나무판자는 좋은 환경과 선생님, 본인의 의지와 노력, 건강과 체력 등으로 구성된다. 이 중 하나라도 길이가 짧다면 성적이라는 물의 높이는 가장 짧은 곳에 맞춰진다.

아이가 큰 뜻을 품고 있다면 아이의 나무판자를 유심히 살펴보자. SKY 합격의 해법은 거기에 있다.

우리 아이가
이렇게
달라졌어요

과거 TV에서 방영했던 '우리 아이가 달라졌어요'라
는 인기 프로그램이 있다. 말썽 부리고 문제를 일으키
는 아이를 착한 아이로 변화시키는 인상 깊은 프로그
램이었다. 욕을 하는 아이, 동생을 때리는 아이, 거짓
말하는 아이들이 계속해서 등장하고 그 아이들을 바
라보며 한숨짓는 부모의 모습이 교차된다. 이런 아이
들이 아동 심리 전문가의 도움으로 조금씩 달라지기
시작한다. 그는 아이를 혼내거나 체벌하지 않는다. 전
문적인 기술을 쓰거나 많은 시간과 노력을 들이는 것
도 아니다. 아이에게 맞는 방법을 찾고 작은 부분부터

하나씩 바꿔나간다. 훈육의 방향을 잡아주고 부모가 바로 실천할 수 있는 최선의 방법을 제시한다.

그 결과로 아이가 완전히 달라지는 모습을 보면 정말 신기하다. 그리고 해결이 불가능해 보이는 문제가 전문가 한 명에 의해 금새 달라진다는 사실이 놀라울 따름이다. 그 짧은 시간에 아이와 상황을 파악하고 손쉬운 해결책을 제시하는 것을 보면 전문가가 다르긴 다르다. 그런데 그 방법을 보면 특별한 것은 없다. 아이를 이해하고 존중해주는 것이 전부다. 전문가는 아이가 어떤 스트레스를 받고 있는지, 왜 그런 스트레스가 생기게 되었는지 살펴본다. 아이를 탓하는 것이 아니라 아이가 그렇게 될 수밖에 없는 환경을 개선시키고, 재발하지 않도록 부모를 교육시킴으로써 문제를 근본적으로 해결한다.

최근에는 반려견을 훈육하는 프로그램도 생겼다. 애견전문가가 나와서 문제를 일으키는 반려견의 모습을 관찰하고 거기에 맞는 해결책을 제공하는 것이다. 재미있는 것은 아이나 반려견이나 문제를 해결하는 방식이 비슷하다는 것이다. 아이나 반려견의 나쁜 행동은 환경과 훈육방법을 다르게 하면 사라진다. 아이나 반려견 자체의 문제가 아닌, 잘못된 훈육방식이나 그들을 둘러싼 환경이 문제였던 것이다.

🌿 치료케이스 **화장실만 가면 함흥차사인 서진이**

고1 서진이는 화장실에 들어가면 함흥차사다. 10분은 기본이고 2~30분 이상 걸리는 경우도 종종 있다. 다른 가족들이 화장실을 못 쓰는 것도 문제지만 학교를 가야 하는데 화장실에서 나오지 않으니 서진이 엄마는 아침마다 노심초사하며 기다린다. 그 마음을 아는지 모르는지 서진이는 매일 아침 화장실을 지키고 있다.

서진이가 이렇게 된 계기가 있다. 2년 전에 학교에서 시험을 보다가 배가 너무 아팠는데 중간에 화장실에 갈 수가 없어 꾹 참았다. 그런데 끝까지 참지 못하고 대변이 새어 나와 버렸다. 서진이는 매우 놀랐고, 창피했다. 그 때문에 시험도 망치고 말았다. 이 사건이 트라우마가 되어 그날 이후로 아침마다 대변을 봐야만 했다. 대변을 못 보면 학교를 갈 수가 없었다. 대변이 마렵지 않은 날에는 비데로 항문을 자극해서 억지로 대변을 봤다.

이런 상황이 반복되면서 서진이는 비데가 없는 화장실에서는 대변을 볼 수 없게 되었다. 학교에서도 비데가 있는 교무실 옆 화장실만 가게 되고 비데가 없는 밖에서는 대변을 참다 보니 대장기능에 문제가 생기기 시작했다. 어느 날부터 배에 가스가 차고 밥만 먹으면 변의가 느껴져서 자주 화장실을 가게 됐다. 막상 가도 대변이 안 나오거나 소화되지 않은 묽은 대변이 조금 나왔다. 보고 나서도 시원하지 않고 잔변감이 남다 보니 대변보는 시간이 점점 길어졌다. 결국 서진이는 엄마와 함께 우리 한의원에 내원했다.

사실 서진이도 자신의 문제를 잘 알고 있었다. 서진이도 아침마다 억지로 대변을 봐야만 하는 상황이 불편하고 힘들었다. 대변이 안 마려우면 안 봐도 되는 것을 머리로는 알고 있었지만, 대변을 안 보고 학교에 가려고 하면 불안해서 견딜 수가 없었다. 또, 대변을 참으면 대장이 나빠진다는 것도 배웠지만 이상하게 밖에서는 대변을 볼 수 없었다.

서진이의 부모님은 답답했다. 아무리 말해줘도 고치지 않고 화장실에 가느라 공부해야 할 시간을 낭비하고 있으니 걱정도 많이 됐다. 혼내기도 하고 달래기도 했지만 상황은 나빠져만 갔다. 설상가상으로 성적도 떨어지다 보니 더 이상 안 되겠다 싶어 서진이를 억지로 끌고 온 것이다.

밥을 먹고 화장실에 바로 가는 건 장기능이 약해졌다는 신호다. 몸이 건강할 때는 누가 좀 거슬리는 말을 해도 부드럽게 넘어간다. 하지만 몸이 안 좋을 때는 별 것 아닌 말에도 상처를 받고 예민하게 받아들인다. 대장도 마찬가지다. 장 기능이 좋을 때는 조금 안 좋은 음식을 먹어도 별 이상을 못 느낀다. 하지만 장 기능이 떨어지면 평소 먹던 음식에도 예민하게 반응한다. 그전에 먹은 음식을 아직 다 소화시키지 못했음에도 밖으로 내보내는 것이다.

서진이에게 적외선 체열 검사를 해보니 배꼽 주위와 아랫배가 파랗게 나왔다. 적외선 체열 검사는 우리 몸에서 나오는 열을 측정하는 검사인데 혈액순환이 잘 되는 곳은 빨간색으로 나온다. 체온이 내려갈수록 주황색, 노란색, 초록색, 파란색 순으로 색이 달라지는데 이를 통해 그 부위로 혈액순환이 잘 되는지 안 되는지를 알수 있다. 건강한 사람은 몸통 전체가 균일하게 빨갛게 나온다. 배꼽 주위와 아랫배는 소장과 대장이 지나는 곳인데 검사결과 서진이는 장으로 가는 혈액순환에 문제가 있다는 걸 알 수 있었다. 장으로 혈액순환이 안 되면 장기능이 떨어진다. 장기능이 떨어지면 장에 문제가 생겼을 때 회복이 잘 안 된다.

또한 서진이의 뇌파 검사를 했을 때 뇌집중력 및 뇌활성도가 많이 떨어져 있었고 자율신경계도 불안정했다. 뇌 스트레스 수치는 최고를 나타내고 있었다. 서진이는 겉으로는 괜찮은 척하고 있었지만 대변 때문에 스트레스를 많이 받고 있었다. 스트레스와 같은 부정적인 감정은 10번째 뇌신경인 미주신경을 약화시키는데, 앞에서 말한 바와 같이 미주신경은 대장과 연결되어 있기 때문에 스트레스가 계속되면 미주신경을 따라 대장까지 비정상적인 자극이 지속적으로 전달되게 된다.

요즘 매스컴을 보면 '000증후군'이라는 이름의 질병이 많이 보인다. 현대인들에게 나타나는 병인데 현대의학에서는 원인을 모른다. 예전으로 말하면 신경성 질환이다. 검사해봐도 별다른 것이 나오지 않기 때문에 의사도 치료를 포기하고 환자도 포기하게 된다. 방법이 없다고 여기고 증상만 완화시키는 약만 쓰다 보니 평생 약을 먹는 경우도 생긴다. 원인을 모르면 불안하다. 병원에서는 신경을 쓰지 말고 지내라고 하는데 아프면 신경이 안 쓰일 수 없다. 특히 수험생은 더 불안하다. 한 번의 시험으로 인생의 방향이 결정되는데 배가 아프거나 대변이 마렵다면 낭패를 보기 때문이다. 이런 경험이나 트라우마는 환자의 불안과 긴장을 극도로 가중시킨다.

서진이의 약해진 대장기능을 회복시키기 위한 치료를 시작했다. 대장주위로 혈액순환이 되자 대장기능이 살아났고 배도 따뜻해졌다. 식사 후에 화장실을 찾는 횟수도 줄었고 대변 상태도 좋아졌다. 4개월간 치료하면서 서진이의 불안감도 줄어들기 시작했다. 배가 편안해지면서 자신감도 조금씩 생겨났다. 신체적인 문제가 많이 해결됐기 때문에 심리적인 문제에 접근하기로 했다.

트라우마를 해결하는 방법 중 하나로 '감작요법'이라는 것이 있다. 불안한 상황을 극복하기 위해 약한 자극을 주고 적응이 되면 점차 자극의 강도를 늘림으로써 불안감을 줄이는 방법인데, 면역요법과 유사하다. 약한 균을 주사해서 우리 몸이 면역을 갖게 하는 것처럼 약한 자극을 줌으로써 심리적인 면역을 갖게 하는 것이다.

먼저 학교를 쉬는 날 아침에 대변이 마려울 때 화장실에 가는 것부터 시작했다. 대변이 마렵지 않으면 화장실에 안 갔다. 학교에 안 가는 날엔 별 문제가 없었다. 이후 온라인 수업이 있을 때 적용했다. 일주일에 하루만 해보고 괜찮은 것을 확인하고 하루씩 늘려갔다. 시험기간에는 가장 부담이 적은 과목을 보는 날 하루만 적용해 보았다. 이렇게 조금씩 강도를 늘리면서 심리적 면역이 생기도록 했다. 그렇게 6개월 후 서진이는 시험기간 내내 대변에 신경 쓰지 않게 되었다.

트라우마와 연관된 질병을 치료하는데 있어 중요한 것이 있다. 트라우마로 인해 안 좋은 습관이 생기고 그 결과로 질병이 발병했다면 치료는 쉬운 것부터 접근해야 한다는 것이다. 트라우마만 극복하면 되는 것 아니냐고 쉽게 생각해서 아이를 혼내거나 정신력만을 강요한다면 병은 깊어진다. 할 수 있는 것부터 해결해 나가야 하고, 본인이 하기 쉬운 것부터 해야 한다.

트라우마를 극복하는 것은 겉으로는 쉬워 보여도 당사자에게는 무엇보다도 어려운 일이다. 가장 쉬운 것은 몸에 나타난 병을 치료하는 것이다. 이것은 전문가의 도움으로 쉽게 해결할 수 있다. 증상이 좋아지고 건강이 회복되면 자신감이 생긴다. 이 때 작은 성공을 체험하게 함으로써 불안이 기우였음을 느끼게 하는 것이 중요하다. 이런 성공 경험이 쌓일수록 심리적 면역력이 커지고 아이는 트라우마에서 벗어날 수 있다.

쉬운 것부터 해결해주자. 그러면 우리 아이도 달라진다.

아이가
건강하면
가족이
행복하다

막내 아이가 6살이 되던 해에 우리 가족은 결혼 10주년 기념으로 동남아 휴양지로 여행을 갔다. 신혼여행 이후 처음으로 해외에 나가는 것이라서 나와 아내는 기대에 부풀어 있었다. 아이들을 위해 수영장이 딸린 호텔을 예약하고 관광보다는 바닷가에서 수영하는 코스로 일정을 짰다. 아이들도 난생 처음으로 비행기를 타고 외국에 간다는 말에 잔뜩 흥분해 있었다. 호텔에 도착해서 짐을 풀고 첫날부터 수영장에서 물놀이를 하고 맛있는 음식도 먹으면서 시간 가는 줄 모르고 하루를 보냈다.

문제의 이튿날이 왔다. 이날은 해변에서 물놀이를 하는 일정이었다. 막내는 키가 작다 보니 물 속에서 놀기보다 기다란 튜브에 엎드려 물 속에 있는 물고기가 노는 것을 보고 있었다. 그렇게 몇 시간이 흘렀고 아이의 다리를 보니 다리가 벌겋게 달아올라 있었다. 바닷가의 뜨거운 햇볕에 살이 타버린 것이다. 수영 전에 선크림을 듬뿍 발랐지만 몇 시간이나 햇볕에 노출되다 보니 소용이 없었다. 아이가 놀 때 편하라고 상의는 래쉬가드로, 하의는 반바지 수영복만 입혔는데 일이 이렇게 되고 나니 후회막급이었다.

호텔방으로 돌아와서부터 난리가 났다. 막내는 아프다고 밤새 울었고 우리 가족은 아픈 아이를 돌보느라 한숨도 자지 못했다. 찬물 찜질을 하고 알로에 젤도 바르고 부채질도 해봤지만 아이의 울음소리는 커져만 갔다. 막내가 아프니 나와 아내는 막내를 돌보느라 정신이 없었고 큰애는 우리 눈치를 보느라 제대로 놀지도 못하고 있었다. 결혼 10주년 해외여행을 한껏 기대하고 왔는데 즐거움은커녕 온 가족이 근심과 걱정 속에 남은 일정을 보내야 했다. 이후로도 막내는 넘어져서 머리를 꿰매기도 하고, 큰 애는 팔이 부러져서 깁스를 하는 등 아이들 때문에 응급실에 자주 가게 되었다. 그럴 때마다 아이 걱정에 우리 부부는 가슴을 졸이며 하루하루를 보냈다.

🕊 치료케이스 화장실에서 의식을 잃은 지영이

한의원에 다급한 목소리로 문의전화가 걸려왔다.

"미주신경성 실신도 치료가 되나요?"

상황을 자세히 물어보니 재수생 딸 아이가 어제 화장실에서 갑자기 쓰러졌다고 했다. 이런 일이 처음이라 가족 모두 너무 겁이 나고 걱정이 되어서 한숨도 못 잤다고 했다. 그래서 인터넷 검색을 하고 부랴부랴 찾아온 것이다.

한의원에 내원한 지영이는 똘망똘망한 눈을 가진 여자 아이였다. 중학교 때까지는 학교에서 임원도 하고 쾌활하고 공부도 잘해서 주위의 기대를 많이 받았다. 그런데 자사고에 입학한 뒤 첫 번째 시험 성적을 보고 충격을 받았다. 나름 공부를 잘 한다고 생각했는데 공부를 잘하는 아이들이 모인 자사고에서는 자신의 위치가 중간도 되지 못했기 때문이었다. 그렇게 지영이는 고3까지 성적을 만회하지 못했고 재수를 하게 되었다. 이런 과정에서 스트레스가 심했는지 진료실에서 본 아이의 얼굴은 표정이 없었고 혈색이 좋지 못했다.

지영이는 화장실에서 잠깐 무서운 생각이 들었고 이상하게도 공포심이 점점 커지면서 갑자기 의식을 잃고 쓰러졌다. 문진을 해 보니 평소에 겁이 많고 잘 놀란다고 했다.

몸 안에 어떤 문제가 있는지 알기 위해 검사를 실시했다. 검사 결과에 특이한 점이 보였다. 뇌 스트레스가 최고치인 10을 기록했다. 뇌기능도 정상이 70점인데 비해 50점밖에 되지 않았다. 극심한 스트레스가 지속되다 보니 뇌 기능이 많이 떨어진 것이다.

혈관건강검사 수치도 많이 안 좋았다. 정상수치보다 10이나 높게 나왔는데 이는 아이의 혈관이 현재 나이에 비해 10살 정도 많다는 뜻이다. 혈관상태가 안 좋으면 혈액순환이 잘 되지 않는다. 혈액순환이 안 되면 목이나 어깨근육이 잘 뭉치고 손발이 차며 여자아이들은 생리불순이 생기게 된다. 지영이도 그랬다.

지영이는 나이에 비해 안 좋은 부분이 많아서 그 이유가 궁금했다. 지영이에게 물어보니 식습관에 문제가 있었다. 지영이는 중고등학교 때 살이 많이 쪄서 1년 넘게 다이어트를 하고 있었다. 아침식사는 거르고 점심은 반 공기 정도만 먹고 저녁은 다이어트 바나 보충제만 먹고 있었다. 식사량이 너무 적다 보니 위가 작아져서 배가 전혀 안 고프다고 했다.

진맥을 해보니 맥이 많이 약했다. 혀를 진찰했을 때 혀끝에 붉은 점이 보이고 혀가 가볍게 떨리는 것이 보였다. 맥이 약한 것은 기혈이 부족한 것이고, 혀끝이 붉고 혀가 떨리는 것은 스트레스로 인해 심장기능이 약해졌음을 의미한다.

검사와 진찰을 종합해보면 지영이의 몸은 장기간 다이어트로 인해 영양이 부족해졌고, 입시 스트레스로 심혈관계까지 약해지면서 뇌세포로 충분한 혈액과 영양이 공급되지 못하고 있었다. 이런 상태에서 긴장이나 공포와 같은 심리적 자극을 받게 되면 순간적으로 뇌혈관이 수축되거나 이완되면서 뇌세포가 일시적으로 허혈상태[25]가 되고 의식을 잃고 쓰러지게 된다. 이를 미주신경[26]성 실신이라고 한다.

인터넷에 미주신경성 실신을 검색해보면 의아한 점이 있다. 인체에 무해하므로 치료하지 않아도 된다고 쓰여있다. 실신을 유발하는 상황만 피하라고 한다. 하지만 진료를 해보면 지영이처럼 특정 상황에서 평소에는 괜찮다가 갑자기 두려움을 느끼고 실신하게 되는 경우가 많다. 만약 그런 상황이 일상 생활에서 흔하게 접하는 상황이라면 문제는 더욱 심각해진다. 또 별다른 이유 없이 쓰

---

25) 허혈(ischemia, 虛血)조직의 국부적인 빈혈 상태. 혈관이 막히거나 좁아지면 주위 세포에 산소와 영양공급이 되지 않아 세포의 기능에 문제가 생기고 심하면 괴사에 이르게 된다.

26) 미주신경은 10번째 뇌신경으로 뇌에서 시작하여 내부 장기와 혈관에 이어져 있으며 혈관의 수축과 이완을 조절한다.

러지는 아이도 있다. 이런 경우는 실신을 피할 방법이 아예 없다.

미주신경성 실신은 단순히 심리적인 문제로만 접근하거나 뇌나 심장질환의 유무만 관찰한다면 치료할 방법이 없다고 할 수밖에 없다. 스트레스 때문이라고 단정하면 스트레스를 없애지 않는 한 병은 나을 수 없다. 시험을 포기하지 않는 이상 입시 스트레스를 없앨 수 없기 때문이다. 심장이나 뇌에 이상이 없다고 나온다면 병이 재발하지 않기를 기도하며 지켜보는 수밖에 없다.

문제는 그러는 사이 아이가 불안한 마음을 가지게 된다는 것이다. 언제 또 쓰러질지 모른다는 마음에 학교생활을 하는데 위축될 수밖에 없다. 쓰러지다가 큰 부상을 당할 수도 있고 주변에 도와줄 사람이 없으면 2차적인 문제가 생길 수도 있다. 아이가 쓰러진 원인도 모르고 치료도 받지 않은 상태로 학업을 계속해야 한다면, 부모 입장에서는 걱정이 앞설 수밖에 없다.

그렇기 때문에 미주신경성 실신은 반드시 치료를 해주어야 한다. 미주신경 자극에 왜 뇌혈관이 비정상적으로 반응하는지 원인을 파악해야 한다. 미주신경이 약해져서 오작동을 하는 것인지, 뇌혈관이 약해져서 자극에 민감하게 반응하는 것인지 살펴봐야 한다. 또한, 미주신경이나 뇌혈관에 이상이 있다면 왜 그렇게 되었는지 파악해야 재발을 막을 수 있다. 위장에서 흡수가 안 되어서 미주신경이나 혈관세포로 영양공급이 안 될 수도 있고, 간의 해독기능이 약해서 미주신경이나 혈관세포에 독소가 껴 있을 수도 있다.

심폐기능이 떨어져서 산소공급이 충분하지 않거나 면역력이 약해서 문제가 생길 수도 있다. 즉, 미주신경성 실신을 치료하기 위해서는 아이의 전체적인 상황을 알아야 한다.

3개월간 한약치료를 통해 지영이의 전반적인 건강상태가 많이 개선되었다. 뇌기능도 정상으로 회복되었고, 혈관건강도 좋아졌다. 식사를 하면서도 살이 안 찌는 올바른 다이어트 방법을 알려주었더니 음식에 대한 스트레스 없이 식사도 정상적으로 하게 되었다. 지영이는 치료를 받으면서 몸이 가벼워졌고 공부에 대한 의욕이 생겼다. 이후 3개월간 경과를 지켜보았는데 이상 증상이 없어 치료를 종료했다. 마지막 날 검사를 마치고 난 지영이의 표정은 무척 밝았다. 엄마도 지영이가 예전의 밝고 명랑한 표정을 되찾아서 너무 좋다고 한다. 지영이가 밝아지니 엄마도 행복하고 가족 모두가 행복해졌다.

우리 아이가 다이어트를 장기간 하고 있다면!

평소 예민하거나 특정 사물에 공포심을 가지고 있다면!

가슴이 답답하고 속이 울렁거리는 전조증상이 있다면!

미주신경 검사를 받아야 한다. 미주신경이 약한 체질인데 체력까지 떨어졌다면 언제 실신할지 모른다.

지금 알고 있는 것을
그때도
알았더라면

30대 초반, 나는 한의대를 가기로 결심하고 잘 다니던 회사를 그만두었다. 누구나 선망하는 대기업을 다니고 있었기 때문에 가족을 비롯하여 주위 사람들의 만류가 심했다. 하지만 내 결심은 누구도 꺾을 수 없었다.

남들이 봤을 때는 무모해 보였을 것이다. 학교 공부에 손을 놓은 지 10년도 더 지난 나이에 다시 대학시험을 보겠다고 도전장을 내밀었으니 말이다. 게다가 당시 한의대는 드라마 허준과 대장금의 연속 흥행으로 그 위상이 하늘까지 치솟은 상태였다. 10년전만 하더라도 있는 줄도 몰랐던 지방 한의대 커트라인이 SKY에 있는 웬만한 학과보다 높았다.

그럼에도 불구하고 내가 도전한 이유는 충분히 가능성이 있었기 때문이다. 대학입시 과목을 조사해보니 예전에 비해 시험 과목이 대폭 줄어 있었다. 학력고사 시절에는 국어, 영어, 수학, 과학 이외에도 한국사, 제2외국어, 사회, 윤리 등 10과목 이상을 공부해야 했지만 지금은 5과목만 공부하면 됐다. 그동안 회사에서 했던 업무가 수학과 과학이 바탕이 된 연구 업무였고, 영어는 토익 시험에서 늘 900점 이상 나왔기 때문에 문제가 없을 거라 생각했다. 국어는 고등학교 때 가장 취약한 과목이었지만 모의고사를 풀어 보니 할 만했다. 사회생활을 하면서 신문을 읽고 다양한 책을 접했기 때문에 배경지식이 많이 늘어서 비문학 부분이 매우 쉽게 느껴졌다.

수능 문제 또한 학력고사 문제에 비해 전반적으로 깔끔했다. 학력고사는 이해력보다 암기력이 필요했고 중요한 개념을 묻기보다 지엽적인 내용을 많이 물었는

데 수능은 주요 개념이나 주제만 알면 풀리는 문제가
많았다. 수학의 경우 예전처럼 계산이 복잡한 문제가
없었고 개념만 정확히 이해하면 간단하게 풀리는 문제
가 많았다. 이 정도면 해 볼만하다는 생각이 들었다.

따로 공부를 해야 할 것은 국어에서 문학파트, 영어
에서는 문법 정도였다. 기계공학도 출신이니 과학 중
물리는 자신 있었고 생물도 회사를 그만두기 전에 주
말마다 미리 학원을 다니며 공부를 해 놓았기 때문에
개념 정리는 다 되어 있었다. 이제는 대입에서 가중치
가 가장 높은 수학에 전력 투구를 하면 됐다.

이렇듯 머리 속에서 어느 정도 계산이 된 상태에서
결정한 것이기 때문에 수능을 불과 3개월 앞두고 회사
를 그만 둔 것이었다. 공부계획뿐만 아니라 절박함도
있었다. 부양해야 할 가족이 있었기 때문에 무조건 한
번에 붙어야만 했다. 이번에 실패하면 1년치 생활비와
학비가 더 필요한데 예산이 없었다. 지금껏 모아 놓은
돈으로 한의대 6년을 다니기도 부족했다. 그렇기 때문
에 정말 배수의 진을 치지 않을 수 없었다.

자신감, 의지, 공부계획의 삼박자가 갖춰졌다. 계획대로 공부하면 원하는 대학에 갈 가능성이 보였다. 회사를 그만두고 첫 한 달은 계획대로 순조롭게 진행이 됐다. 아침 6시부터 밤 10시까지 공부했다. 일어나자마자 인터넷 강의를 1시간 듣고 오전에는 수학, 오후부터는 국어와 영어, 과학을 번갈아 가며 빈틈없이 알차게 공부했다. 밤이 돼서 그날 계획한 공부를 다 마치면 뿌듯했다. 집으로 오는 길에 밤 하늘을 보면서 원하는 곳에 당당하게 합격하는 내 모습을 상상했다.

"누구나 그럴싸한 계획을 가지고 있다. 처맞기 전까진."

미국 권투 선수였던 마이크 타이슨이 상대 선수에게 한 말이다. 당시 이 선수의 펀치가 얼마나 강력했던지 별명이 '핵주먹'이었다. 마이크 타이슨의 글러브에 스치기만 했는데도 상대 선수들은 추풍낙엽처럼 쓰러졌다. 타이슨을 상대로 1라운드를 넘기는 선수가 별로 없었다. 물론 그들은 타이슨을 상대할 그럴싸한 계획이 있었을 것이다. 하지만 실전은 계획대로 흘러가지 않았다.

내 상황도 비슷했다. 계획은 그럴싸했는데 현실은 내 생각과 달랐다. 한 달을 수학공부에 쏟아부었는데 점수가 생각만큼 나오지 않았다. 한의대에 가기 위해서는 수학이 가장 중요한 과목이었기에 멘붕이 왔다. 서울대에 입학해서 대학원을 마치기까지 수학 과외만 6년을 했고, 공대 출신에 회사에서 연구원으로 일하면서 수식만 풀었기 때문에 수학이 문제가 될 것이라고는 상상도 못했다. 퇴사 전에 모의고사를 풀어봤을 때 웬만한 공식은 다 기억이 났다. 그래서 조금만 공부하면 될 것이라고 생각했다. 하지만 어리석게도 회사에 들어와서 6년 이상 고등학교 수학에서 손을 놓았다는 사실을 간과했다.

그때 또 하나의 벽이 나타났다. 한 달 동안 쉼 없이 공부를 하다 보니 몸에 이상이 생긴 것이다. 시험공부가 두 달째에 접어들자 아침에 일어나는 것이 힘들어졌다. 가까스로 일어나도 입맛이 하나도 없었다. 아침을 거르고 점심을 먹고 나면 오후 내내 졸음이 쏟아졌다. 집중이 안 되니 공부계획들이 계속 밀리기 시작했다. 대학교에 들어간 이후 그동안 크게 아프지 않아서 나름 건강하다고 생각했다. 그런데 스트레스와 피로가 쌓이자 중고등학교 때 앓았던 병들이 하나 둘 재발했다.

나는 위장이 약한 체질이라 위장에서부터 문제가 생기기 시작했다. 조금만 소화가 안 되는 음식을 먹거나 신경을 좀 쓰면 바로 체하고, 체하면 두통이 생겼다. 두통이 심해지면 눈이 빠질 듯이 아팠고, 손발이 싸늘해지면서 식은땀까지 났다. 온 몸에 힘이 빠지면서 눕고만 싶었다. 이렇게 체기와 두통이 찾아오는 날이면 하루 이틀은 밥도 못 먹고 쉬어야만 했다. 시간이 지나면서 증상은 점차 심해졌고 급기야 먹으면 체해서 아무것도 먹지 못하는 상태까지 갔다.

과민성대장증후군도 재발했다. 시험 때만 되면 배가 살살 아프고 설사를 했다. 증상이 반복되면서 수능 시험을 망칠까 걱정이 되고 불안해지기 시작했다. 불안감이 심해지는 날이면 심장이 철렁 내려앉고 가슴이 두근거리기도 했다. 모의고사를 보다가 갑자기 불안해지면서 머리 속이 하얗게 되기도 했다. 식사를 잘 못하고 면역력이 약해지면서 알레르기 비염도 심해졌다. 아침에 찬바람이 살짝만 들어와도 콧물과 재채기가 계속 나왔고 오후에 날씨가 따뜻해지기 전까지 증상은 계속됐다. 결국 버티고 버티다 근처 한의원에 찾아갔다.

"수능 끝나면 좀 나아질 테니 조금만 참아."

그 한의원에서 내 이야기를 듣고 원장님이 해 주신 말씀이 아직도 기억에 남는다. 수능 때까지는 스트레스와 피로가 계속될 테니 그동안 한약으로 증상을 다스리고 체력을 유지시켜야 한다는 것이었다. 그 때 그 원장님이 해주셨던 따뜻한 위로의 말 한마디로 인해 마음이 한결 가벼워졌다. 걱정으로 가득했던 마음이 편안해졌고 희망이 생겼다. 원장님께 나중에 따로 인사를 못 드렸지만 늘 감사한 마음을 가지고 있다.

한약을 먹고 신기하게도 바로 소화가 되기 시작했다. 지금이야 당연한 것이지만 그 당시에는 놀라운 체험이었다. 식사도 할 수 있게 되었고, 속도 안정이 되었다. 대변 상태도 좋아지고 불안감도 더 이상 심해지지 않았다. 이럴 줄 알았으면 진작에 먹을 걸 후회가 됐다. 괜찮아지겠지 하면서 한 달이란 시간을 허비한 게 아쉬웠다.

내 병들의 원인은 입시 스트레스와 피로였다. 장시간 공부로 피로가 누적되고 이번에 안 되면 끝이라는 압박감이 극도의 스트레스로 작용했다. 모든 걸 쏟아부었는데 생각보다 점수가 안 나와서 불안감이 몰려왔다. 그러면서 평소 체질적으로 약했던 위장이 먼저 탈이 나고 이어서 수험생 직업병이 재발을 한 것이었다.

지금 와서 돌이켜 생각해보면 왜 그리 미련하게 버텼는지 모른다. 문제집이나 인터넷 강의의 수업료, 독서실 비용은 아낌없이 투자하면서 훨씬 더 중요한 내 몸에 투자하는 것에는 인색했다. 내 몸을 이루는 음식은 싼 것을 찾고, 공부의 기본인 체력을 올리는 것은 등한시했다. 그래서 결국 탈이 났고 그걸 회복하느라 공부도 못하고 아까운 시간을 보내야만 했다.

수험생의 목표는 수능시험에서 최고의 성적을 올리는 것이고, 그러기 위해서는 공부 효율을 높여야 한다. 공부 효율을 높이기 위한 기본 바탕은 건강과 체력이다. 이 책을 보는 수험생 여러분들은 이것을 잊지 말아야 한다. 그래야 나와 같은 전철을 밟지 않는다.

꿈은
반드시
이루어진다

2002년 여름은 잊혀지지 않는다. 우리나라 축구국가대표팀이 사상 처음으로 월드컵 4강에 올랐기 때문이다. 매번 16강 조별예선에서 탈락하던 우리나라가 단번에 준결승전까지 올라갔으니 전국민이 열광하는 것은 당연했다. 매 경기마다 수백만 명의 사람들이 거리에 모여 한마음 한 뜻으로 목이 터져라 응원을 했다. 승리를 거듭할수록 붉은 악마의 함성은 커져만 갔다. 경기가 끝나면 모두들 밖으로 뛰쳐나와 기뻐하며 소리를 질렀고, 도로 위 자동차들은 '대~한민국' 경적을 울려댔다. 모두들 가슴 속에 끓어오르는 벅찬 감동을 주체할 수가 없었다.

　대망의 4강 독일전을 앞두고 대한민국 응원석에 대형 플래카드가 내걸렸다.

　'꿈☆은 이루어진다'

　이보다 더 좋은 표현이 있을까. 우리 대표팀을 통해 꿈만 같았던 일들이 이뤄지고 있었다. 우리 국민들은 그 모습을 보며 저마다 꿈을 꾸게 되었고 나도 할 수 있다는 희망을 가지게 되었다.

　2002년 한일월드컵의 스타는 단연 히딩크 감독이다. 축구 변방이었던 아시아 팀을 이끌고 유럽과 남미의 강호들과 어깨를 나란히 하게 만들었다. 그는 기존의 국가대표 감독들과 다른 시각으로 우리 대표팀을 바라봤다. 그는 우리 대표팀의 문제는 기술이 아니라 기본 체력이라고 했다. 그리고 기술훈련 대신 체력훈련을 집중적으로 시켰다. 그 전까지의 감독들은 우리 대표팀의 문제는 기술의 부족이라 여겼고 선수들은 기술을 연마하는데 집중했었다. 그러다 보니 히딩크 감독의 말에 다들 의아해했고 평가전 경기에서 큰 골 차이로 패하자 히딩크 감독에게 온갖 비난이 쏟아졌다. 하지만 시간이 갈수록 대표팀의 경기력은 향상되었고 결국 월드컵 4강이라는 신화를 만들어냈다.

🌿 치료케이스 코가 답답하고 코피가 주르륵 나오는 영웅이

영웅이는 보통 체형에 수줍음을 타는 고등학교 2학년 남자 아이다. 이비인후과에서 비염 진단을 받고 한의원에 내원했다. 어릴 적부터 비염이 있었는데 고등학교 올라오면서 증상이 심해져서 걱정이 많았다. 공부를 본격적으로 해야 하는 시기인데 코 때문에 답답하고 집중이 안 되어서 성적도 조금씩 떨어지고 있었다. 시간이 지나면 괜찮아지겠지 싶어 미루다가 더 이상 안 될 것 같아서 왔다고 했다.

문진을 해보니 일반적인 비염 양상과 달랐다. 보통 비염은 환절기에 찬바람을 쐬면 콧물이 줄줄 나오고 재채기가 터져서 힘든 경우가 많은데 영웅이는 콧물과 재채기가 별로 없었다. 대신 코가 막히는 걸 답답하고 불편해했다. 축농증처럼 누런 코가 꽉 차 있는 것도 아니고 코딱지도 많지 않았다. 특이한 점은 코피였다. 특별히 코를 파거나 하지 않는데도 공부하다 갑자기 코피가 주르륵 흘러 당혹스러워했다.

코를 살펴보니 영웅이의 코 안이 건조하게 말라 있었다. 코 안이 촉촉해야 숨쉬기가 편한데 코 안쪽 점막이 건조해서 숨쉬기가 힘들고 코피가 잘 났던 것이다. 점막이 많이 건조하면 식염수나 가습기를 쓰기도 하는데 그때뿐이었다. 그리고, 집안에서는 그런 보조기구들을 써서 도움을 받을 수 있지만 학교나 학원, 독서실에서는 눈치도 보이고 아이가 보조기구들을 일일이 챙기고 다니기도 힘들다. 병원약을 먹으면 잠시 덜했다가 약기운이 떨어지면 다시 답답해지는 상황이 반복됐다.

이런 비염을 건조성 비염이라고 한다. 건조성 비염은 단순히 코만 봐서는 안 된다. 코 점막이 건조해진 진짜 이유는 우리 몸에서 코점막을 보호해주는 점액이 잘 안 만들어지기 때문이다. 점액이 잘 나와야 점막을 촉촉하게 해줄 텐데 그렇지 못하니 코 점막이 건조해지고 숨쉬기가 답답하게 되는 것이다.

식염수나 가습기는 외부에서 수분을 보충해주는 것이기 때문에 한계가 있다. 비염에 쓰는 양약에는 주로 점액분비를 억제하는 성분들이 들어있다. 그래서 콧물이 많은 경우 어느 정도 효과를 보지만 콧물이 별로 없고 코 안이 건조한 경우에 양약을 쓰면 오히려 코가 더 건조해지고 답답해지는 경우가 많다.

이럴 때 히딩크 감독처럼 관점의 전환이 필요하다. 단순히 눈 앞에 보이는 것만 해결하려고 하지 말고 진짜 원인을 찾아야 한다. 콧속 점액이 잘 만들어지기 시작하면 건조성 비염은 저절로 해결된다. 그러면 가습기를 계속 틀어줄 필요도 없고 식염수를 넣느라 신경 쓸 일도 없어진다. 자연스레 숨을 쉬니 공부에 집중할 수 있다.

코나 눈이 건조해지면 사람들은 물을 많이 마시라고 한다. 눈물이나 콧물과 같은 점액의 대부분이 물로 이뤄져 있기 때문이다. 틀린 말은 아니지만 맞는 말도 아니다. 우선 콧물의 구성성분을 보면 물이 95%이고 나머지는 단백질, 지질, 전해질, 면역물질 등으로 구성되어 있다. 물도 필요하지만 코점막을 보호하고 면역을 담당하는 성분들이 들어있어야 콧물이 제 기능을 발휘할 수 있다.

콧물을 만들기 위해서는 몸 안에서 이런 성분들이 잘 만들어져야 한다. 물을 마신다고 콧물이 바로 만들어지는 것이 아니다. 물은 소화기관에서 흡수가 되어 혈관 속으로 들어가고 코에 있는 콧물샘으로 이동한다. 콧물샘에서는 물에 다양한 성분을 추가하여 콧물을 만들고, 온도나 습도에 따라 콧물의 분비를 조절한다. 이런 여러 과정들이 정상적으로 이뤄질 때 코가 촉촉하고 숨쉬기가 편해지는 것이다.

그래서 건조성 비염을 치료하기 위해서는 콧물 분비에 관여하는 모든 기관들을 살펴볼 필요가 있다. 비염 증상의 완화뿐만 아니라 수분의 흡수를 담당하는 장기능, 물의 이동과 연관된 혈액순환 계통, 콧물 분비를 조절하는 자율신경 등 전반적인 몸 상태를 검사하여 문제가 되는 부분을 해결해주어야 한다. 또한, 비염의 재발을 막기 위해서는 체질을 개선해주어야 한다. 특정 장기가 약하거나 건조해지기 쉬운 체질이라면 함께 치료해야 아이가 성인이 되어서 고생하지 않는다.

영웅이는 열이 많고 건조한 체질이었다. 다행히 검사상 소화나 혈액순환, 자율신경에 별다른 이상은 없었다. 이런 체질은 몸에 열이 쌓이는 걸 조심해야 한다. 가뭄이 들면 땅이 갈라지듯 몸에 열이 생기면 진액이 마르기 때문이다. 그러면 눈, 코, 입, 피부가 건조해지기 쉽고, 그로 인한 병이 생기게 된다.

열이 생기는 원인은 다양하다. 스트레스를 많이 받거나 화를 자주 낼 때, 긴장하거나 불안할 때, 매운 음식이나 카페인을 섭취할 때, 더운 날씨에 땀을 많이 흘릴 때 등이 있다. 영웅이는 입시 스트레스가 쌓이면서 열이 체내에 쌓였고 진액이 마르기 시작했다. 얼굴로 열이 뜨는 날이면 코가 더 답답해지고 코피까지 나게 됐다.

영웅이에게는 진액을 공급해주고 열을 내려주는 약재를 몸 상태에 맞게 배합해 처방했다. 한 달마다 증상 변화와 몸 상태를 체크하고 열 상태와 진액 정도에 따라 처방에 변화를 줬다. 1개월 후 코가 편안해지기 시작했고 2개월이 지났을 때 코의 답답함이 사라졌다. 하지만 코피가 간간이 났기 때문에 안심할 수 없었다. 코피가 난다는 건 코 점막이 아직 완전히 회복되지 않았다는 뜻이다. 한 달간 더 치료했고 더 이상 코피가 나지 않아 치료를 마무리했다. 이후 비염의 재발을 막기 위해 2~3년간 체질개선치료를 진행했다.

"코가 뻥 뚫렸다고 너무 좋아해요."

영웅이의 어머니가 말했다. 코 때문에 공부에 집중을 못하는 영웅이를 볼 때마다 많이 안쓰러웠는데 치료 후에 한결 편해진 영웅이를 보니 마음이 놓였다.

서울대가 꿈인 영웅이는 비염이 있음에도 불구하고 그동안 열심히 공부해왔다. 이제 비염이 해결되었으니 좀 더 공부에 집중할수 있을 것이고, 성적도 올라갈 것이다. 그리고 영웅이가 원하는 꿈에 한 걸음 더 가까워질 것이다.

우리는 지금껏 성적향상의 비결을 공부량이나 공부 스킬에서 찾았다. 공부량을 최대한 늘리고 문제를 잘 푸는 방법을 배우러 다녔다. 성적이 안 오를 때면 좀 더 잘 가르치는 선생님이 없을까 찾아다녔고 공부를 많이 시키기로 유명한 학원을 수소문했다.

하지만 몸이 불편해서, 체력이 부족해서, 숨어 있는 질병이 있어서 공부에 집중할 수 없다면 공부량을 늘려도, 아무리 좋은 스킬을 연마해도 소용없다.

우리는 아이들에게 히딩크 감독이 되어야 한다. 남들과 다른 관점에서 우리 아이를 바라볼 때, 지금까지 상상도 못했던 놀라운 결과를 얻을 수 있다.

새로운 꿈에
도전하는
아이들

　　'백종원의 골목식당'이라는 TV프로그램이 있다. 장사가 안돼 힘들어하는 음식점 사장들에게 다시 일어날 수 있는 희망을 주는 감동적인 프로다. 앞날에 대한 걱정과 근심에 쌓여있던 사장들이 백종원 대표의 코치를 받고 점점 변해간다. 얼굴에 웃음이 피어나고 할 수 있다는 용기가 생긴다. 그 모습을 보고 있으면 괜히 흐뭇하고 나도 덩달아 힘이 난다.

　　백종원 대표는 사장들에게 기본 마인드를 강조한다. 손님을 대하는 마인드, 음식에 대한 마인드, 청결에 대한 마인드가 그것이다. 그런데 많은 사장들이 당장 돈이 될 만한 레시피만을 원하지 스스로 마인드를 점검하고 바꾸려 하지 않는다. 시청자의 입장에서 보면 '저러면 안 될 텐데'라는 생각이 들지만 사장들은 당장 먹고 사는 게 급해서인지 마인드에 대한 부분을 간과한다.

그런데 미션을 수행하면서 사장들이 달라지기 시작한다. 사장들은 일주일 동안 주방의 묵은 때를 깨끗이 청소하고 자신의 요리를 맛본다. 메뉴의 개수를 줄이고 날마다 신선한 재료를 준비한다. 기본을 점검하는 미션을 수행하면서 문제가 무엇인지 스스로 깨닫는다. 원인을 알게 되고 기존의 잘못된 습관을 하나씩 고치면서 손님이 찾아오고 가게에 생기가 돌기 시작한다. 이 때 백종원 대표가 가게에 딱 맞는 레시피를 알려준다. 그리고 그 가게는 대박이 난다.

가게도 그대로고 사장도 그대로고 메뉴도 그대로인데 식당의 기본을 지키는 것만으로도 신기하게 손님이 늘어난다. 가게마다 환경이 다르고 사장들마다 상황이 다 다르지만 단순히 기본을 지키는 것만으로 변화가 일어나는 것이다. 마인드의 변화가 작은 행동의 변화를 유발하고 결국 놀라운 성장과 성공을 가져온 다는 원리는 어떤 가게나 동일하게 적용된다.

성공의 아이콘인 백종원 대표도 쓰라린 실패의 경험이 있다. 그는 IMF때 잘 나가던 사업이 망하면서 17억이라는 큰 빚을 지게 되었다. 눈앞은 캄캄하고 살 길이 보이지 않았다. 자존심도 많이 상했다. 너무 힘들어 자살까지 생각했다. 그러다 문득 주저앉아 있는 것보다 다시 일어나는 것이 더 중요하다는 생각이 들었고, 다시 도전해서 크게 성공했다. 이러한 경험이 있었기 때문에 재기를 꿈꾸는 사장들의 심정을 이해하고 성공할 수 있도록 도울 수 있지 않았을까?

식당 사장뿐만 아니라 우리 주위에도 재기를 위해 노력하는 사람들이 많다. 많은 사람들이 대학 입학 후에도 새로운 도전을 준비한다. 본인이 원했던 전공이나 대학이 아니어서 재수를 한다거나, 로스쿨이나 대학원 진학을 위해, 또는 공무원이나 선생님이 되기 위해 다시 시험공부를 시작한다.

　나도 30대 초반에 한의대에 가기로 결심하고 새로운 삶에 도전했다. 공부를 하면서 '성공할 수 있을까?', '한의대 6년을 잘 버틸 수 있을까?', '어린 친구들과 잘 지낼 수 있을까?'와 같은 이런저런 걱정이 앞섰다. 흔들릴 때마다 초심으로 돌아가려고 노력했다. 아무리 힘들어도 스스로 공부하기로 약속한 시간을 지켰고, 부정적인 생각이 올라오면 합격하고 기뻐하는 모습을 상상하며 떨쳐냈다.

　한의대에 들어와보니 나와 같은 사람들이 꽤 많았다. 동기들 중 30%가 나처럼 다시 도전한 사람들이었다. 윗학번들은 50%나 됐다. 20대 중반부터 30대 후반까지 다양한 연령의 사람들이 있었고, 간혹 4~50대 분들도 있었다. 군대를 갔다가 다시 공부한 사람, 회사를 다니다 그만두고 공부한 사람, 약국을 운영하다 한의대로 온 사람 등 다양한 분야의 사람들이 늦은 나이에도 새롭게 도전해서 꿈을 이루었다.

　꿈을 이룬 사람들을 보면 왠지 쉽게 했을 것 같다. 주변 환경이 좋았을 것 같고, 별 다른 어려움이 없었을 것 같은 생각이 든다. 하지만 그렇지 않다. 다른 분야도 마찬가지겠지만 나이를 먹을수록 공부하는 것이 쉽지 않다. 10대와 20대가 다르고, 20대와 30대는 완전히 다르다. 책을 보고 있어도 머리에 들어오지 않는다. 뒷장으로 넘어가면 앞장 내용이 기억이 안 난다. 오래 앉아있으면 몸이 여기저기 불편하다. 금방 피곤을 느끼고 회복도 잘 되지 않는다. 공부하느라 앉아만 있다 보니 대변을 봐도 시원하지 않고 소화기능도 약해져 속이 더부룩하고 입맛도 없어진다. 그러다 보면 밥을 적게 먹게 되고 체력과 면역력도 약해진다. 그렇게 피로가 쌓이고 이런저런 병들이 생겨난다. 공부도 잘 안 되는데 여기저기 아프기까지 하면 심리적인 슬럼프가 찾아온다. 직접 겪어 보니 공부도 때가 있다는 말이 무슨 말인지 이해가 된다.

🌿 치료케이스 체력이 바닥인 장수생 희원이

로스쿨을 준비하는 희연이가 한의원에 내원했다. 희연이는 30대 중반의 장수생이었다. 서울에 있는 4년제 대학을 졸업하고 회사에 다니다가 판사가 되기로 마음을 먹고 새롭게 도전하는 중이었다. 고등학교 때는 몰랐는데 다시 공부하려고 하니 체력이 달려서 힘들었다. 어린 친구들은 늦게까지 잠도 안자고 공부하는데 희연이는 초저녁만 되면 졸리고 힘들어서 걱정이었다. 공부 초반에는 몇 시간 안 자고 열정적으로 공부했는데 체력이 못 따라가니 슬럼프가 왔고 공부가 안될 때면 포기하고 싶은 마음이 들기도 한다고 털어놓았다.

전체적인 몸 상태를 검사해보니 뇌파검사에서 스트레스가 최고로 높게 나왔고 체열검사에서 체온이 전반적으로 1도 이상 떨어져 있었다. 자율신경계도 균형이 깨져서 면역력도 많이 약해져 있는 상태였다. 시험에 대한 과도한 압박감으로 인해 자율신경에 문제가 생겼고 말초혈액순환이 안 돼서 체온까지 내려가게 된 것이다.

검사설문지를 살펴보니 희연이는 입맛도 없고 소화도 안 되어서 밥도 조금밖에 못 먹고 있었다. 잠이 들어도 꿈을 많이 꾸고 중간에 깨서 잠을 설치는 경우가 많았다. 그런 다음 날은 아침에 일어나기 힘들고 하루 종일 기운이 없고 피곤한 상태가 지속됐다. 예전보다 추위를 많이 타고 선풍기나 에어컨 바람을 조금만 쐬어도 몸이 으슬거렸다. 그래서 독서실이나 카페에서 에어컨이 틀어져 있으면 공부하기가 힘들었다.

희연이의 한의학적 진단명은 기허증氣虛證이다. 에너지가 부족해서 체내의 생리적인 기능이 떨어진 상태를 말한다. 기운이 없는 사람을 떠올리면 이해하기 쉽다. 기허증인 사람은 말소리가 작고 조금만 활동해도 금방 지친다. 입맛도 없고, 소화도 안 되고 온도 변화에 예민하다. 감기에 걸리면 오래가고 회복이 잘 안 된다. 매사에 의욕이 떨어진다.

기허증이 진행되면 혈허[27]나 양허[28], 음허증[29]으로 발전한다. 이런 상태까지 병이 진행되면 치료가 힘들고 건강한 상태로 돌아오기까지 시간도 오래 걸린다.

희연이는 기허증을 치료하는 한약을 복용하면서 좋아지기 시작했다. 추위도 덜 타게 되고, 아침에 피로감도 점차 줄어들게 되었다. 한 달 동안 치료하면서 50% 이상 불편한 증상이 줄었고, 두 달 만에 아프기 전 상태로 완전히 회복되었다. 그리고 시험을 볼 때까지 분기별로 한약을 복용하도록 처방했다. 시험공부를 하는 한 지속적으로 많은 에너지를 소모하게 되고, 그 결과 기허증이 재발할 확률이 높기 때문이다.

---

27) 혈허증血虛證: 주로 혈액부족이나 혈액 안의 영양부족으로 나타나는 증상군을 통칭. 머리로 가는 혈액이 부족해지면 어지럽고 눈이 마르고 어두워진다. 심장으로 가는 혈액이 부족하면 불안하고 가슴이 두근거린다. 근육으로 혈액공급이 안 되면 근육이 뭉치고, 팔다리가 저린다. 나창수 외. (2003). 한의학총강. 의성당

28) 양허증陽虛證: 인체의 양기陽氣가 부족하여 나타나는 증상군을 통칭. 만성피로와 무력감, 말하기도 힘들다. 손발이 차고 추위를 견디지 못한다. 식은땀이 잘 난다. 정신이 맑지 않다. 나창수 외. (2003). 한의학총강. 의성당

29) 음허증陰虛證: 인체의 진액이 부족하여 나타나는 증상군을 통칭. 손발이 화끈거리고 얼굴로 열이 올라온다. 피부에 윤기가 없고, 입이 바싹 마르고 목 안이 건조하다. 소변량이 적고, 밤에 자다가 땀이 난다. 나창수 외. (2003). 한의학총강. 의성당

희연이는 사실 고등학교 때 대입시험을 준비하면서 수험생 직업병으로 고생했었다. 당시 치료를 하지 않고 억지로 버텼는데, 성인이 되고 나니 몸이 더 이상 견디지 못했다. 만약 그때 당시에 수험생 직업병을 치료했더라면 지금과 같은 고통을 겪지 않았을 것이다.

사람들은 정신력으로 힘겹게 버티고 고통을 이겨내는 것을 멋진 일인 것처럼 생각한다. 물론 그런 마인드는 중요하다. 심리적인 문제라면 할 수 있다는 마인드로 이겨내야 한다. 하지만 몸의 문제라면 이야기는 달라진다. 지금은 괜찮아도 나중에 더 큰 문제가 생긴다. 인생은 길고, 재도전해야 할 순간이 온다. 병이 잠복되어 있다가 이러한 결정적인 순간에 재발한다. 내 몸을 돌보지 않은 대가를 치르게 되는 것이다.

도전은 언제나 아름답다. 어린 친구들이 꿈을 가지고 열심히 공부하는 모습은 보기만 해도 흐뭇하다. 하지만 공부하고 싶은 마음을 몸이 따라주지 못해 낙심하는 아이들의 모습을 보면 너무 안타깝다. 같은 경험을 했던 나로서는 그 상황이 얼마나 힘든지 알기 때문이다.

이미 그 과정을 여러 번 겪은 인생 선배로서, 아픈 몸으로 공부하는 건 어리석다고 이야기해주고 싶다. 이 책의 독자들은 부디 나와 같은 시행착오를 겪지 않길 바란다.

시험은 마인드가 중요하다. 하지만 아프면 소용없다. SKY합격의 비밀은 건강한 몸이다.

1등급UP 공부팁

- 공부가 깊어지면 처음에는 안 보이던 것들이 보이기 시작한다. 처음에는 외운 공식에 대입해서 눈앞의 문제를 푸는 데 급급했다면, 나중에는 출제자의 의도가 보이기 시작한다.
- 숙성의 과정을 거치고 나서야 감이 생기고 성적도 한 단계 올라간다.
- 어렵게 감을 잡았더라도 공부하지 않고 며칠만 지나면 감을 잊어버린다.
- 성적을 올리는 데 쉬운 지름길은 없다. 절대적인 시간이 필요하고 무한 반복의 노력이 필요하다.
- 스스로 정한 뚜렷한 삶의 목표가 있으면 힘든 과정을 이겨낼 수 있다.
- 성적을 구성하는 나무판자는 좋은 환경과 선생님, 본인의 의지와 노력, 건강과 체력 등으로 구성된다. 이 중에 하나라도 길이가 짧다면 성적이라는 물의 높이는 가장 짧은 곳에 맞춰진다.
- 마인드의 변화가 작은 행동의 변화를 유발하고 결국 놀라운 성장과 성공을 가져온다. 이 원리는 어떤 가게나 동일하게 적용된다.
- 흔들릴 때마다 초심으로 돌아가려 노력해야 한다. 아무리 힘들어도 스스로 공부하기로 약속한 시간을 지키고, 부정적인 생각이 올라오면 합격하고 기뻐하는 모습을 상상하며 부정적인 생각을 떨쳐내야 한다.
- 시험에서 마인드가 중요하다. 하지만 아프면 소용없다.
- SKY 합격의 비밀은 건강한 몸이다.

1등급UP 건강팁

- 불규칙한 생활패턴이 계속되면서 생체리듬이 깨지고 피로가 누적되면서 뇌기능과 자율신경계까지 문제가 생긴다.
- 보약을 쓸 때 중요한 점이 있다. 아이의 소화기능을 살피는 것이다.
- 아이가 한약을 못 먹는 이유는 아이의 소화기능을 고려하지 않고 약을 지었기 때문이다.
- 소화기가 약한 아이들은 체력보충도 남들보다 느리다. 남들보다 에너지가 부족하기 때문에 쉽게 지치고 병도 잘 걸린다. 그래서 각별히 관리를 해줘야 한다.
- 밥을 먹고 화장실에 바로 가는 건 장 기능이 약해졌다는 신호다.
- 장기능이 떨어지면 평소 먹던 음식에도 예민하게 반응한다.
- 증상만 완화시키는 약만 쓰다 보니 평생 양약을 먹는 경우도 생긴다.
- 트라우마로 인해 안 좋은 습관이 생기고 그 결과로 질병이 발병했다면 치료는 쉬운 것부터 접근해야 한다는 것이다. 가장 쉬운 것은 몸에 나타난 병을 치료하는 것이다.
- 혈액순환이 안 되면 목이나 어깨근육이 잘 뭉치고 손발이 차며 여자아이들은 생리불순이 생기게 된다.
- 미주신경이 약한 체질인데 체력까지 떨어졌다면 언제 실신할지 모른다.
- 단순히 눈앞에 보이는 것만 해결하려고 해서는 안 된다. 진짜 원인을 찾아야 한다.
- 가뭄이 들면 땅이 갈라지듯 몸에 열이 생기면 진액이 마른다. 그러면 눈, 코, 입, 피부가 건조해지기 쉽고, 그로 인한 병이 생기게 된다.
- 열이 생기는 원인은 다양하다. 스트레스를 많이 받거나 화를 자주 낼 때, 긴장하거나 불안할 때, 매운 음식이나 카페인을 섭취할 때, 더운 날씨에 땀을 많이 흘릴 때 등이다.
- 병은 잠복되어 있다가 이러한 결정적인 순간에 재발한다. 내 몸을 돌보지 않은 대가를 치르게 되는 것이다.

**내 몸을
살리는
시리즈** 병이 없는 것이 건강한 삶이 아닙니다. 진짜 건강한 삶은 생명의 힘이 솟아나는 삶입니다. 예상치 못한 사고를 대비하기 위해 안전 수칙을 배우는 것처럼 '내 몸을 살리는 일'도 일상에서 실천할 구체적인 방법을 배워야 합니다. '내 몸을 살리는 시리즈'는 몸과 마음의 균형을 맞추고 진짜 건강한 삶을 살아가는 올바른 방법을 제안합니다.

성적도 치료가 되나요
수험생 직업병을 잡으면 성적이 잡힌다

초판 1쇄 인쇄 2022년 2월 23일
초판 1쇄 발행 2022년 2월 28일

지은이. 김도환
펴낸이. 김태영

씽크스마트 미디어 그룹
서울특별시 마포구 토정로 222(신수동) 한국출판콘텐츠센터 401호. 전화. 02-323-5609
웹사이트. thinksmart.media
인스타그램. @thinksmart.media
이메일. contact@thinksmart.media

•씽크스마트 - 더 큰 생각으로 통하는 길
'더 큰 생각으로 통하는 길' 위에서 삶의 지혜를 모아 '인문교양, 자기계발, 자녀교육, 어린이 교양·학습, 정치사회, 취미생활' 등 다양한 분야의 도서를 출간합니다. 바람직한 교육관을 세우고 나다움의 힘을 기르며, 세상에서 소외된 부분을 바라봅니다. 첫 원고부터 책의 완성까지 늘 시대를 읽는 기획으로 책을 만들어, 넓고 깊은 생각으로 세상을 살아갈 수 있는 힘을 드리고자 합니다.

•도서출판 사이다 - 사람과 사람을 이어주는 다리
사이다는 '사람과 사람을 이어주는 다리'의 줄임말로, 서로가 서로의 삶을 채워주고, 세워주는 세상을 만드는 데 기여하고자 하는 씽크스마트의 임프린트입니다.

•진담 - 진심을 담다
진담은 씽크스마트 미디어 그룹의 인터뷰형 홍보 영상 채널로 '진심을 담다'의 줄임말입니다. 책과 함께 본인의 일, 철학, 직업, 가치관, 가게 등 알리고 싶은 내용을 영상으로 만들어 사람들에게 제공하는 미디어입니다.

ISBN 978-89-6529-307-1 (03510)